D+

dear+ novel

katani hamaranu koidakara ・・・・・・・・・・・・・・・

型にはまらぬ恋だから

金坂理衣子

新書館ディアプラス文庫

型にはまらぬ恋だから

contents

illustration:佳門サエコ

型にはまらぬ恋だから

Katani Hamaranu Koidakara

広い敷地内にぽつりと佇《たたず》む、小さな二階建ての建物を気に留める人は誰もいない。

そこは、ガラス張りの本部ビルと堅牢《けんろう》な製造棟の陰に隠れ、忘れ去られた倉庫。

二階の窓際には、物は立派だが古びた大きな革張りのソファが置かれている。

「……んっ」

ソファの背もたれと男の間で、浬《かいり》は小さく息を漏らす。

けれどもそれは苦しさからではなく、自分から離れようとする坂城《さかき》に名残《なごり》を惜《お》しんでのものだった。

ネクタイを摑んで、離れようとする身体の重みと温《ぬく》もりをもう一度引き寄せると、相手も同じ気持ちなのだろう。あっけなく引き戻されてくる。

「そろそろ戻らないと」

「ええ。僕も帰らなきゃ。午後からはパートさんと二人で組んでする仕事なんで」

互いに逢瀬《おうせ》の終わりを口にしても、身体はなかなか言うことを聞かない。

浬は自分の上に倒れかかってきた坂城を、強く抱きしめた。

——ずっとここでこうしていたい。

浬の頭の中をよぎる恋愛小説の定番の台詞《セリフ》が、これほど似合わない場所もなかった。

ほこりっぽい倉庫の中。小さくはないソファも、男二人が重なり合って横になるには狭い。

だがそんな場所が、浬にとって何よりも大切な空間だった。

心地よいこの時間を、もう少しだけ楽しみたい。薄いブルーの作業服を上半身に纏《まと》っただけの姿で、浬は情事の後の気怠《けだる》さの抜けない身体をソファの背もたれに預けたまま、立ち上がって乱れた衣服を整えだした坂城をぼんやりと眺めていた。

坂城の長身でがっしりとした体格は、パーツの大きなはっきりとした顔立ちと相まって人目を引く。

けれど何より印象深いのは、その瞳。一目見た瞬間から惹《ひ》かれた、意志の強そうな眉と自信に溢《あふ》れた瞳に、今でも見とれてしまう。

宇津木《うつぎ》浬にとって、坂城隆弥《たかや》は二十四歳にして初めて出来た恋人だった。

浬は二重《ふたえ》の大きな目と、それを引き立たせるすっきりとした眉が涼しげで清潔感があり、時折見せるはにかんだ笑顔から和《なご》み系とよく言われた。

体格も服を着ているとほっそりして見えるが、仕事柄体力が必要なので暇を見つけてはスクワットや腕立て伏せをして鍛《きた》えていたため、引き締まって筋肉質な身体をしている。

おまけに気配り上手で声を荒らげることもない穏やかな性格と来れば、周りの女の子達が放っておくわけがなかった。

けれど浬は友人達が色気づく思春期になっても女の子に興味が持てず、自分の性的な興味が同性に向けられていると気付いた。

でも、それが世間的に認められていないことだと分かっていたので、何とか女の子に興味を持てないものかと努力はした。男友達に混じって女の子達と一緒に遊びに出かけたりしたが、露出の多い服装の女子に友人達が騒ぐのを尻目に「あんな格好《かっこう》で風邪《かぜ》を引きはしないか」と心配する方向にしか心が動かなかった。

それよりも、友人のタンクトップからすんなりと伸びた筋肉質な腕の方が、よほど心をかき乱す。

女性に魅力を感じないと思い知ったところで、同じ性癖《せいへき》を持った男性との出会いにも積極的になれず。引っ込み思案《じあん》な自分は、きっと一生ひとりきりで過ごすのだろうと思っていた。

そんな浬に気付き、声を掛けてくれたのが坂城だった。

坂城とは半年ほど前、浬が亡くなった父の残した『宇津木モールド』の跡を継《つ》いでから付き合うようになった。

モールドとは、金型《かながた》に樹脂《じゅし》を流し込んで様々な形に加工すること。身近な物ではコップなどの容器、企業用では機械の部品、とあらゆる形へ注文通りに作り出す仕事だ。

坂城の勤める、車内用品の製造販売で国内企業では五本の指に入る『ＳＡＫＡＫＩ』からは、消臭芳香剤《しょうしゅうほうこうざい》の容器などの発注を受けている。

『ＳＡＫＡＫＩ』とは父の生前から取引があり、工場を継《つ》ぐ以前にもここへ納品《のうひん》に来て坂城の姿を見かけてはいた。

他の社員より体格がいいから目を惹いただけではない。いつも背筋を伸ばした自信ありげな態度が、すぐに相手から視線を外して俯《うつむ》いてしまう内気な浬には理想の男性に見えたのだ。

けれど声を掛ける機会も勇気もない。

一目だけでも見られたら、と真っ暗な夜の海で指標《しひょう》の星を探すように彼の姿を求める。

そのうち、ごくたまにだが目が合って挨拶《あいさつ》を交わせるようになった。

出入りの下請《したう》け業者はみな社員に挨拶をするし、向こうも挨拶を返す。当たり前の行為だが、それでも坂城と挨拶を交わせた日には、それだけで今日はいい日だったと気分よく眠れた。

名前も知らなかったその人が、品質管理部の課長で社長の三男でもある坂城隆弥だと知ったのは、事務手続きのため父に代わって初めて本部ビルに入った日のこと。

『ＳＡＫＡＫＩ』は国内外に支部工場がある。それらすべてを取りまとめる事務所や、研究施設の入っているのが、この本社にある八階建ての総合本部ビルだ。

そこは浬がそれまで納品で出入りしていた、古びた四階建ての製造棟とは違いすぎた。

製造棟では皆作業着姿だが本部ビルの人達は、男性はスーツで女性は紺の制服。まれに研究員なのか白衣姿の人もいるが、作業着姿の自分は何だか場違いな感じで気後《きおく》れする。

事務所で納品の書類の提出方法など一通りの説明を受け、廊下に出てホッと緊張の糸を緩《ゆる》めたときに、後ろから声を掛けられ飛び上がりそうになった。

「宇津木モールドの新しい社長さん、ですよね」

「はい！　あっ、あの……はい……そうです」

慌てて振り向くと、浬の目の前にいつも見つめていた人の姿があった。

突然の邂逅《かいこう》と、背負ったばかりの社長という肩書きに緊張して声が震え、それがみっともなくて俯いてしまう。

その目の前に名刺を差し出された。

反射的に受け取ってから、自分から先に渡すべきだったと気付き、慌てて名刺を取り出して渡す。

「品質管理部の坂城、隆弥課長……」

浬は受け取った名刺を穴が空きそうなほど凝視《ぎょうし》し、初めて知ったその名前を口にする。

本当は、彼の名前を知ることは簡単だった。周りの人に「あの人は誰ですか」と訊《たず》ねれば教えて貰《もら》えただろう。

けれど、心の中で想うだけの人だから、知らなくてもよかった。

その人が今、目の前にいて自分に名刺を渡してくれた。挨拶に続いて父へのお悔《く》やみの言葉もいただいたのに、動転してろくな返事も出来ず、はいはいとうなずき続ける。

思いもしなかった状況に、まるで名刺と話をしているかのように俯いたまま、手にした名刺から目が離せなかった。

「本部ビルは初めてですか？　よければ案内しますよ」

嬉しくて舞い上がりそうな展開にも顔を上げられず、ただお願いしますと頭を下げて坂城の後ろに続いた。

研究室での新製品開発の様子など興味を引く物もあったのに、隣の坂城にばかり気持ちが行って集中出来ない。

何度もチラチラ盗み見ていると、幾度《いくど》かは目が合う。

坂城はその度《たび》に軽く目を細めて微笑《ほほえ》みを返してくれる。見ていたことがバレて恥ずかしいのだけれど、その笑顔が見たくてまた視線はそちらに向かう。

浬は元々年上の男性が好みで、今までにも学校の先輩や先生に惹かれたことがあったけれど、ここまで目を奪われることはなかった。

「少し休憩しましょうか」

本部ビルの中を一通り見て回って外へ出ると、坂城は休憩所でコーヒーを買ってくれた。

だがその場では飲まず、ゆっくり出来る場所があるからと歩き出す。

秘密の場所だから内緒だよ、と人差し指を立てて唇に当てた。そんな動作の一つ一つに魅力を感じる。

見つめていたときに想像した通り。いや、それ以上に素敵な人だと思った。

坂城が向かったのは、古びた倉庫。

その二階のソファに並んで腰を下ろす。

「突然会社を継ぐことになって、大変でしたね」

「は、はい……いえ、皆さんによくしていただいて、何とかなっています」

コーヒーを飲みながらの雑談。他の取引先とも交わしてきた、社交辞令的な話にまで緊張する。

カップが空《から》になる頃になっても硬さの消えない浬を、リラックスさせようとしてか坂城は軽い話題を振ってきた。

「こんなに忙しくては、彼女にもなかなか会えなくて寂しいでしょう」

「いえ、そんな……そんな人はいませんから」

「じゃあ、彼氏は？」

「あ、あの……」

何の意図で訊いたのか、「彼氏」という言葉に心臓が飛び出しそうなほど驚いた。心臓はそのまま早鐘《はやがね》を打ち、口の中が乾いていく。

じっと注《そそ》がれる坂城の視線に戸惑い、紅潮《こうちょう》しているだろう顔を見られたくなくて俯く。

けれど、一縷《いちる》の望みを持って言葉を続ける。

「いません。でも……いつかは欲しいと思っています」

「それはつまり、女より男が好きってこと？」

「す、すみません！」

もしかしたら坂城も同じ指向《しこう》ではと期待したのだが、そんな都合のいい話があるわけない。

やはり男が好きだなんて気持ちが悪いだろう、と離れようと腰を浮かせたのを、太ももに手を置かれて押しとどめられた。

その手から伝わる温もりに、ぞわぞわと肌が粟立《あわだ》つ。じんわりと下腹部に血が集まるみたいに熱く感じて、身体がおかしな反応をしないよう必死に祈る。

「よく俺のことを見てたよね。もしかして、俺みたいなのがタイプ？」

「それは！　その……すみません」

「違ったか。残念」

肩を落として嘆息《たんそく》する坂城のがっかりした様子が、まるで浬の好みでありたかったようで、驚いて顔を上げた。

「いえ！　違います！」

いつも目で追っていたのを気付かれていたことに動揺し、見ていたことを謝ったつもりが誤解されたと察して慌てて否定する。

坂城は好みのタイプなどという生やさしいものではなく、まさに理想だった。夢でだってこれほど完璧な男性を見たことがない。

「坂城さんみたいな人が……タイプというか……好きなんです」

勇気を振《ふ》り絞《しぼ》って、けれどもとても顔を見ながら話すことは出来ず、自分の膝《ひざ》に置かれた坂城の大きな手を見つめながら告白した。

「本当に？　……じゃあ、どうしてこっちを見ないんだ？」

「……恥ずかしいから、です」

「君は、可愛いね」

子供の頃はよく女の子のようで可愛いと言われたが、大人になってからはそんなこともなくなった。

久しぶりに自分に向けられた言葉に驚いて坂城の顔を見ると、頬に手を添えられてキスされた。

ますます驚いて目を見開く浬に、坂城はやっとこっちを見たとばかりに微笑む。

「男と、したことはあるの？」

「ないです！」

キスなんて初めてした。

柔らかな感覚が触れて、去って行った。ただそれだけのことに、血が逆流したみたいに顔は熱くなり足は冷たく感じる。陸の上で船酔いしたような不思議な気分で、現実味が乏《とぼ》しい。

「したくない？」

探るような、試すような瞳にあらがえなくて、浬は夢見心地で自分の髪を梳《す》く坂城に促されるままに唇を合わせた。

見つめることしか出来なかった人に触れている。その想いで心が一杯になり、他のことは何も考えられなくなる。

初めて味わう、肌とは少し違う唇の感触。思わず息まで止めてしまって、苦しくなって離れた。

至近距離で見つめ合うと、今さらながらに恥ずかしさがどっと吹き出てくる。

ただ唇を押し当てるだけで、技巧《ぎこう》も何もないキスに拍子抜《ひょうしぬ》けしたような表情を浮かべる坂城に、申し訳なくて視線を落とす。

「……すみません……」

「いいよ。本当に初めてなんだね。——それでも、いいの?」

「いいの……って?」

「初めてを、俺なんかにして」

「え? ええっ! あ、あの、俺なんかにって、あのっ、それは……付き合っていただけるんですか?」

「君は本当に、とても可愛いよ」

不敵な表情から一転、坂城は目を細めて破顔《はがん》し、くすりと笑う。

こんな笑顔が見られるなんて。しかもそれが自分だけに向けられていて、あまりの幸せに蕩《とろ》けてしまいそうになる。

引き寄せられるまま、坂城の胸に身体を預けた。

けれど、煩《うるさ》いほどに鳴る自分の心臓の音が坂城に聞こえやしないか、緊張で汗ばんだ自分の匂いが不快感を与えないか、と心配ばかりでカチコチに固まっていた。

そんな浬の肩を、ゆっくりと和《やわ》らげるみたいに坂城の手のひらが撫《な》でる。

「何も今すぐにとは言わないから、安心して」

「え……っと?」

そんなにがっついてはいないからと笑う坂城に、何のことだろうと首をかしげると、また可愛いと言われてキスされた。

「次はいつ来るの?」

「来週の木曜の予定だったんですが、こちらでいただく原料の品質検査が遅れているそうで……再来週《さらいしゅう》になるかもしれないです」

坂城に会えるなら毎日でもここに来たいけれど、そうもいかない。残念な想いでため息をつくと、坂城は元気づけるように明るい笑顔を向ける。

「それじゃあ管理部をせっついて、さっさと検査させるよ。それなら来週に会えるだろ?」

「本当ですか!」

「——君がこうして会ってくれるなら、おやすいご用だよ」

坂城も自分に会いたがってくれていると思うと、嬉しくて嬉しくて。優しく髪を梳く指先に、自分から頬をすり寄せた。

それから、納品の度にここで逢瀬を重ね、キスをして、触り合って——身体を繋《つな》げるようになるまで時間は掛からなかった。

出会ったときから変わらないその瞳をじっと見つめていると、それに気付いた坂城が、どうかしたのかと視線で訊ねて来る。

「昔は、この倉庫にもいっぱい製品の入った箱が並んでたんですよ」

素直に見とれていたとは恥ずかしくて言えず、湦は照れ隠しに坂城の背後の棚《たな》に目をやった。

「へぇ。俺はこの倉庫が使われてるところなんて見たことがないな。どれだけ前のことなんだ？」

「僕が中学生の頃のことだから、もう十年近く前でしょうか」

「そんな頃から？　君は入社四年の俺よりずっと先輩だな」

湦は学生時代から父を手伝い、高校を卒業してすぐ工場に入った。

不況の中でも何とか親子で工場を守ってきたのだが、その父は半年前に突然の心臓発作であっけなくこの世を去った。

中学生の頃から休みの日には仕事を手伝っていた湦は、モールド加工についてはもはやベテランの域に達していた。けれど、帳簿や納品先との取引などの事務的なことに関しては、ほとんど把握《はあく》していなかった。

結果、いくつかの取引先を失い、それに伴《ともな》う仕事の減少で社員の数も減った。

学生時代の方が今より多く仕事をしていた気さえするのだから、皮肉なものだ。

「浬は大学に行かなかったのか？」

「父は行けって言ってくれたけど、毎晩遅くまで働いてる父を見てたら早く手伝ってあげたくて」

「親孝行なんだな」

浬とて遊びたい盛りの十代のうちに就職することを、喜んで受け入れたわけではない。だからこんな風に褒《ほ》められると、こそばゆい感じがする。

「十年前ならまだ海外工場はなかったから、忙しかったんだろうな。俺は暇になってから就職出来てよかったよ」

何の気なしに話す坂城に浬は寂しい気持ちになり、それを気付かれないよう微笑む。

浬たち下請け業者にとって、海外に仕事を奪われたことは死活問題だった。なのにそれを気軽な口調で語られて、立場の違いを実感させられたのだ。

その表情の意味は分からないまでも、浬の気分が落ち込んだことは分かったのだろう。坂城はご機嫌を取るように、優しく手の甲で浬の頬を撫でる。

「しかし、中学生か……その頃の君が見たかった。可愛かったんだろうな。まあ、今でも十分可愛いが」

たわいのない言葉にも頬を染める浬の初心《うぶ》な反応を楽しむように、坂城は頬に添えた手で軽く上向かせると、唇を重ねる。

ついばむような口付けをくり返し、互いにもう本当に時間が無いと目線を交わして、ようやく立ち上がった。

坂城は再び乱れたシャツを整える。浬も床に放り出されていたズボンを身につけ、作業服のファスナーをきっちり閉めて情交の跡を隠す。

そうして二人とも、何事もなかったかのような顔を作る。

「次の納品はいつだったかな？」

「次は……再来週の水曜です」

「来週は会えないのか」

「ええ」

寂しげに微笑む浬に、坂城は腕を組み明るいオーバーアクションで考え込む。

「それなら、また何か小さな仕事でもいいから、宇津木モールドさんに出せそうな物を探しておかないと」

「嬉しいな。よろしくお願いします」

この不況の昨今《さっこん》、おいそれと下請けに出せる仕事などないと分かっていた。でもそう言ってくれる坂城の気持ちが嬉しくて、浬は笑いながら頭を下げた。

しかし、それよりもどこかここ以外の場所で会うという選択肢もあるはずなのに、坂城はそういう話は一切してくれないことが、浬の心に影を落としていた。

坂城が下請け業者である自分と、社外で個人的に会っているところを誰かに見られてはまずいと浬にも理解はできる。

でも、理解できると納得できるは別物だ。

『ＳＡＫＡＫＩ』と取引があったからこそ出会えた。しかし、それ故《ゆえ》に『ＳＡＫＡＫＩ』の外では会えない。もどかしい恋人。

「じゃあ、先に出るよ」

「待って。外を確認しますから」

社内では一緒にいて何の不審もない二人だが、使われていない倉庫から揃《そろ》って出てくるというのは不自然だ。

就業《しゅうぎょう》時間中にこの辺りを通る社員は少ないが、用心に越したことはない。浬はそっと窓を開けて外の様子を窺う。

「あ、そろそろ咲きそう」

嬉しげに窓の外を見て微笑む浬につられ、坂城も何のことかと窓の外を見る。

「ほら、あの垂れ桜《しだざくら》。もうすぐ咲きそうですよ」

製造棟の前にある花壇に植えられた垂れ桜の蕾《つぼみ》が、今にもほころびそうなほど大きく赤く色づいている。日当たりのいい枝では一、二輪開いてすらいるようだ。

「でも、満開の頃は見られないか。坂城さんと一緒にお花見がしたかったなあ」

次に来るのが再来週では、もう花の盛りは終わっているだろう。

残念がる浬に対して、坂城は嫌そうに眉を寄せた。

「花の下で酒を飲んでどんちゃん騒ぎか？」

「別にお酒は飲まなくたっていいんです。ただ花を見ながら、お弁当とか桜餅《さくらもち》とか食べるだけで楽しいじゃないですか」

「酒抜きか？　なおさら嫌だな。大体、外で弁当なんてほこりっぽいし、落ち着かないだろ」

花見が嫌いなのかと驚く浬に、坂城は嫌いも何も行ったことがないという。その答えに、浬は瞳を輝かせた。

「じゃあ、今度一緒に行きましょうよ！　染井吉野《そめいよしの》ならまだ満開まで間がありますし、夜桜のきれいなところを探して夜桜見物をしましょう。お酒も用意しますから」

「そうだな。今度な」

夜なら人目に付きにくいからいいだろう、と腕を取って誘う浬に向かって、坂城が返す曖昧《あいまい》な笑顔に「今度」はないのだろうと察しが付く。

残念だが、好きでもないことを無理強《むりじ》いするわけにはいかない。

しょげる浬の腕をそっとほどき、坂城は外を確認して倉庫を出て行った。

外へ出た坂城は、二階の浬を見上げて手を振ってくる。浬も笑顔で手を振り返したが、その笑顔は坂城が背を向けるとすぐに消える。

「坂城さんとお花見、してみたかったな……」

心の浮き立つ春の気配に、浬は寂しさを感じてため息を零《こぼ》した。

一定のリズムを刻《きざ》んでいた射出成形機《しゃしゅつせいけいき》のモーター音が止まったことに、浬《かいり》は嫌な予感を覚えつつ作業の手を止めた。

射出成形は、最も一般的なプラスチック製品の成形方法。ペレットと呼ばれる粒《つぶ》状の樹脂《じゅし》を、溶かして金型《かながた》に流し込んで製品を作る。

この『宇津木《うつぎ》モールド』の工場でも、主な生産はこの射出成形機による物だ。その成形機で、今は『ＳＡＫＡＫＩ』から受注《じゅちゅう》したプラスチック製の芳香剤《ほうこうざい》のケースを成形している。

最盛期には二十四時間フル稼働《かどう》させていたが、今は日中に動かすだけで十分な程度の注文しかなかった。他所《よそ》からの発注も減り、二百坪《つぼ》と町工場《まちこうば》にしては広い工場は、今やその半分も稼働していない。

「社長。やっぱりバリが出ちゃいますよ」

パートの小島良子《こじまよしこ》が製品不良を見つけて機械を止めたことを知り、ただの動作不良で止まっただけであってくれと願っていた浬は肩を落とした。

成形機はコンピュータ制御《せいぎょ》で、原料を入れる以外はすべて機械が自動で行うが、人の目での監視は必要だった。でなければ不良が発生したのに気付かず、大量の不良品を出してしまうことになる。

不良が出ればすぐに機械を止め、原因を究明して解決する。それが鉄則。

浬は不良の原因を探るべく、成形機の設定を調べ出す。

「……温度も圧《あつ》も問題ないのにバリが出るってことは、やっぱり金型か」

バリとは、薄く樹脂がはみ出してしまう製品不良のこと。機械の設定をどれだけ調節しても無駄な場合は、金型に手を入れるしかない。

硬い金属で出来た金型も、使っているうちに摩耗《まもう》してかみ合わせが悪くなり、隙間が生じてしまう。それを調節するのは、勘と経験が頼りの難しい作業で、浬と細川稔《ほそかわみのる》という従業員にしかできない。

「じゃあ細川さんに——ああ、細川さんはもう帰ったんだよね」

「はい……細川さんのところ、大分《だいぶ》悪いみたいですね」

誰にはばかるでもないが声を潜《ひそ》める小島に、浬も小さく頷く。

『宇津木モールド』でも昔は何人もの技術者を雇《やと》っていたが、仕事の減少に伴《ともな》い一人、二人と辞めていき、今では従業員は細川と三人の女性パートタイマーだけ。

細川は浬の父よりも年上の六十歳で、父は兄のように慕《した》っていた。浬も頼りにしている人物だ。

けれどここ数ヵ月、細川は病気で入院中の妻の看病のため、午前中のみの出勤になっていた。

「この前お見舞いに行ったんですけど、奥さんすっかり痩《や》せちゃってて。……だけど、細川さんは偉いわー。毎日奥さんの所に通って。息子夫婦が同居しておけば、細川さんももっと楽が出来たのに――」

長く勤めてくれている小島は、細川と年も近いせいか気が合うようでグチなどを聞いているらしい。

そのグチを今度は浬相手に零《こぼ》し始めた小島に頷きつつ、浬は頭の中でバリ不良の対処方法を模索《もさく》する。

「削《けず》るしかないけど、この型もずいぶん古いから、いつまで持つか……」

新しい金型を作らせて欲しい、と前から『SAKAKI』に頼んでいるのだが、その内にと言葉を濁《にご》されてうやむやにされていた。

その理由に思い当たることのある浬は、浬の様子などお構いなしに話し続けている小島に分からないよう、ひっそりとため息をつく。

息を吐ききると、胃の辺りがしくりと痛む。

「社長ー。お客様みたいですよ」

「お客？」

今日は来客の予定はなかったはず。窓辺で作業していて来客に気付いたらしいパートの佐藤《さとう》恵美《えみ》から掛けられた声に、浬も窓の外へ目をやる。

黒いスライド式の門扉《もんぴ》から入ってきた男の姿に、浬は急いで外へと走り出た。

「坂城《さかき》さん！」

「いきなり来てすまない。携帯に電話したんだが、繋《つな》がらなかったんで直接来させて貰《もら》った」

「すみません。工場内に携帯電話は持ち込まないんで……事務所に置きっぱなしで」

以前なら事務員を常駐《じょうちゅう》させていたので携帯に電話があれば知らせて貰えたが、今はそんな人を雇う余裕は到底《とうてい》ない。

工場ではなく浬の携帯電話に掛けてきたのだから、仕事の話ではないだろう。そう考えると、さっきまでの胃痛はどこへ行ったのかと思うほど心が弾《はず》む。

金型が削れないから今日はもう作業は出来ない、と理由をつけてパートさん達を帰らせ、坂城を事務所へと案内した。

工場横の二階建ての事務所では、浬の机の上に置いてあった携帯電話のライトがチカチカと着信を告げている。坂城用に設定した恋に浮かれたピンク色の着信ライトが恥ずかしくて、大急ぎで机の引き出しに放り込んだ。

「お茶を入れますから、座ってて下さい」

初めて『ＳＡＫＡＫＩ』の社内以外で坂城と会うのだ。浬は嬉しくて浮《うわ》つく心を抑《おさ》えて平静を装《よそお》い、ソファに座るよう勧《すす》める。

だが坂城は立ったまま、奥の給湯所《きゅうとうじょ》に行こうとした浬を押しとどめるように口を開いた。

「今日の会議で、消臭芳香剤の完全アジア工場生産化が決まった」

「そう、ですか……アジア工場かぁ」

浬も、聞かされた言葉に立ち止まり肩を落とす。

新しい金型を作らせてくれないのは、浬の工場から他所の工場に製造を移そうとしているからだろうと予測はしていた。

なので、経費削減《さくげん》のために見積もりの見直しを迫《せま》られた際、坂城から聞かされた会社側の予想最低額よりさらに下の金額を提示した。国内でこれ以下の金額で受注する工場はないだろう赤字を出さないギリギリの金額で、あれで駄目《だめ》なら太刀《たち》打ちできない。

「まさか、全部アジア工場に持って行かれるとは……」

「俺も予想していなかった」

坂城も残念そうに頷くと、浬の側《そば》に歩み寄り慰《なぐさ》めるように肩に手を置く。その確かな重みが、浬にこの思ってもみなかった話を現実として受け入れさせてくれる。

受け止めて、対処しなければ。

「もうメイド・イン・ジャパンは諦《あきら》めたってことですか。まあ、今でもほとんど海外産って感じでしたけどね」

冷静になった浬は、諦めと納得の入り交じったため息を吐く。

『SAKAKI』の商品は品質重視で、国産の高品質を売りにここまで成長をしてきた会社だった。

だが、今では製品のほとんどの部分が海外生産。

それで何故《なぜ》メイド・イン・ジャパンを名乗れるかというと、部品は海外で生産しても組み立てを国内で行えば、国産品の肩書きを付けることができるからだ。

ほとんど海外生産品といっても過言《かごん》ではないやり方でも、最終的なチェックを日本で行うことで、品質の低下や不良を市場《しじょう》に出る前に見付けることができる。品質の管理という面では有効だった。

しかし組み立てから包装まで、低賃金ですむ海外で行《おこな》った方が遙《はる》かに安くあがる。国産の肩書きを捨ててでも、経費削減を取ったということだろう。

浬の工場で『SAKAKI』から受注しているのは、主に置き型のリキッドタイプとエアコンルーバーに取り付けるタイプの芳香剤のケース部分のプラスチック成形加工。

簡単な作りのリキッドタイプは、いずれアジア工場に取られると覚悟していた。けれどルーバー取り付けタイプの物はデザイン性が高く、複雑な形で加工が難しい。

あの加工をこの単価で製造できるのは自分の工場だけだと自信があったのに、それまで持って行かれることになろうとは。

「でも、アジア工場にそこまでの技術があるんでしょうか？」

「分からんが、上の判断でとにかく早くアジア工場を全面稼働させろとせっつかれてね。競《きょう》合他社《ごうたしゃ》が軒並《のきな》み生産拠点を海外に移しているんで、後《おく》れを取るまいと焦《あせ》ってるんだろう」

上というのは坂城の父親である社長と、専務を務める兄も含まれる。彼らと坂城は仲が悪いとも聞かないが、坂城はこの件に関しては納得がいかないらしく渋い顔をした。

「ルーバーだけは残ると思ってたんだけどな。あれを取られちゃうと、正直きついです」

「だが、もっと単価のいい雨具の発注があっただろう？」

坂城が言うアンブレラケースは、単価はよくても数がない。

「今までは芳香剤のついでに納品《のうひん》できたからよかったですけど、あれのためだけに手間賃《てまちん》とガソリン代を使う余裕はないです」

あまりにもぎりぎりな話に坂城は驚いた様子だったが、これが今の小さな町工場の現状だ。

一個作って何銭《せん》の仕事。品物が出来ようが出来まいが時間通り働けば給料が貰えるサラリーマンと違い、とにかく数をこなさないと儲《もう》けは出ない。

「それじゃあ……もううちとの取引は辞めるつもりなのか？」

「いえ。まだそこまでは考えてません。他の製品と納品日を合わせて貰うとか、納品の方法を考えれば何とかなるかと」

「何ともならなかったら？」

あまりにも悲観的な方向に話を持って行く坂城に、浬は本気で落ち込み拗《す》ねた顔で坂城を見つめた。

「嫌なことばっかり言わないでくださいよ！　いじめに来たんですか？」

「そんなわけないだろ」

坂城は苦笑しながら、それでもまずいことを言ったとばかりに両手を浬の方にさしのべる。心配そうに自分を見つめてくれる坂城に近づくと、浬の方から坂城の首筋に腕を回す。

「じゃあ、どうしてわざわざ来てくれたんです？」

「どうしてやることも出来ないが、こんな話をいきなり会社で聞かされるよりはマシだろう」

「ええ。ありがとうございます」

確かに本部ビルまで呼び出されて、事務的に聞かされるよりはずっといい。坂城の心遣いに応《こた》えるように、浬は優しく引き寄せられるまま唇を合わせた。

いつもと違う場所。それだけで興奮の度合いが違う。

抱き合って互いの身体をまさぐる。そんなにたわいない行為であっけなく理性は消え去り、もつれ合ってソファに倒れ込む。

倉庫にある物より小さな合皮《ごうひ》張りのソファ。その狭さが、より二人の間を縮《ちぢ》めてくれる。坂城は浬を自分の上に抱き寄せた。

口付けをねだりながら、浬は自分から作業着の上着を脱ぎ捨てる。

ここも仕事場ではあるが、自分のテリトリー内という安堵感《あんどかん》からか浬は大胆になっていく。

坂城は待ちきれないとばかりに、そんな浬のシャツを捲《めく》り上《あ》げて無駄のない引き締まった身体を舌で探る。

「んっ……ね、もう……」

一番感じる場所を知っているくせになかなかそこに到らない、意地の悪い舌に浬は拗ねた甘い声を上げた。

「駄目だ……もっと見せてくれ」

シャツも脱いで上半身を晒《さら》すと、坂城は満足げに微笑み浬の胸の薄く色づいた部分に口付ける。そのまま舌で舐《な》めあげて形を露《あら》わにさせた。

「きれいだ……君の身体は、本当に美しい」

坂城は浬を下から見上げる形で抱きしめながら、その身体を視線と言葉で讃《たた》える。

坂城でなくとも見とれるだろう細いけれど筋肉の付いたしなやかな身体は、作為《さくい》のない自然な美しさだ。

賛辞の言葉に、浬は戸惑いつつも頬を染める。仕事で必要だから鍛《きた》えた身体だが、それが恋

人の目を楽しませているのは嬉しい。

坂城は浬の身体のあちこちに口付けながら、ズボンと下着もすべて脱がせていく。

普段、倉庫で愛し合うときは最低限の露出ですませていて、ここまで脱いだことはない。すべてを晒し、明るい蛍光灯《けいこうとう》の下でじっくりと鑑賞するように見つめられると、それだけで身体の中心が疼《うず》いてしまう。

「……坂城さん」

だけどそれだけでは当然足りない。

焦《じ》れったさに名前を呼ぶと、坂城は浬の胸元に顔を近づける。息を吹きかけられただけでも硬く尖《とが》るようになった敏感《びんかん》で小さな突起《とっき》を、舌で転がすように舐め回し唇で挟み込む。

「あっ、あっ……んう、坂城さん……坂城、さん……」

浬のキスをねだる声と仕草に、ようやく顔を上げた坂城の濡れた唇を見ただけで、ぞくりと総毛立《そうけだ》つほどに感じてしまう。浬はその唇に夢中で唇を合わせて舌を絡《から》ませる。

坂城は激しい口付けに浬の唇の端からこぼれた唾液《だえき》を指の腹でぬぐうと、その指を背後に回した。

「あっ！　は……」

双丘《そうきゅう》の割れ目を上下していた濡れた指先は、窄《すぼ》まりに簡単に入り込んだ。急激な刺激に反射的にそこを絞《しぼ》ると、お仕置きとばかりに赤く色づいた胸の突起を再び吸われる。

「あ、あっ……はっ……く、んっ」

ゆっくりと抜き差しをくり返し、数を増やしていく指に、浬の中で期待と共に不安が広がる。

「あ、の、待って……ゴム……」

「浬？」

「駄目……です……出ちゃう」

まだそこには触れられていないのに、浬の物は先端から透明な蜜《みつ》を零し、僅《わず》かな刺激でも達しそうなほど昂《たか》ぶっていた。このままでは坂城のスーツを汚してしまう、と身体を離そうとする浬を、坂城は許さずさらに抱く腕に力を込めて束縛《そくばく》する。

浬とてこの幸福な時間を中断したくはなかったが、事務所には当然ながらコンドームなど置いていなかった。

普段の逢瀬《おうせ》では、どちらもコンドームを付けて服を汚さないよう気をつけていた。いつもなら坂城が用意しているのだが、今日は出してこない。

坂城が持っていないなら、こんな時のためにと用意していた買い置きを二階に取りに行こうとしたのだが、坂城は浬を放そうとしない。

「今日は……いいだろう？」

「坂城さんが、いいなら……」

男同士の愛し合い方は、すべて坂城が教えてくれた。

素直に応じる浬に満足した様子で、坂城は浬の性器の先端から漏れ出した透明な液体を指先で塗り広げ始めた。

「あっ、……は、んんっ」

坂城の手の中で熱さと堅さを増していく自分自身を感じながら、浬も快感に任せて腰を揺らす。

いつもより積極的な浬に、坂城は怯《ひる》むどころか嬉しそうに微笑み、さらに浬の腰を引き寄せた。

いつの間にか坂城もズボンの前を大きく開け、すでにそそり立っている性器を浬の双丘に擦《こす》りつける。

「あっ……」

浬はその熱さと堅さに、恐怖ではなく期待で身震いする。さっき散々《さんざん》ほぐされてやわらいだ部分に坂城の先端が触れると、それだけで背中がしなるほど快感が走る。

とっさに腰を浮かすと逃げようとしたと思われたのか、腰をつかまれ中程まで一気に飲み込まされた。

「やっ、あっ！」

坂城は悲鳴のような声を上げた浬の衝撃が治まるのを待つように一旦《いったん》止まり、浬が息を吐き出すのに合わせてゆっくりとした抜き差しで馴染《なじ》ませていく。

坂城の大きく張り詰めた肉棒の感触を直接感じ、浬はあんな薄っぺらいゴム一枚の隔《へだ》たりが、どれほど大きかったかを実感した。

「あっ、も……やっ……」

腰をしっかりとつかまれ、ゆるゆるとだが熱く張り詰めた物をすべてくわえ込まされる。そのまま腰を使って突き上げられるたびに背をしならせ、浬は強すぎる刺激から意識しないまま腰を引いて逃げようとしてしまう。

「もう、無理か?」

強すぎる刺激は痛みすら感じさせて、浬の身体はもう限界だった。それでも坂城に応えたくて、浬は問いかけに必死に首を横に振る。

だが、その表情から浬の状態を読み取ったのだろう坂城は、ゆったりと腰を引いた。

「分かった」

「やっ!」

自分の中から出ていく坂城に、浬は潤《うる》んだ瞳で恨《うら》みがましい視線を送る。だが、坂城は当然このまま止めるつもりなどないとばかりに位置を入れ替え、浬をソファに組み敷いた。

もう一度向かい合わせになると、安堵の息が漏れる。だがそれもつかの間、足を高く持ち上げられて、奥まった場所をあらためて深く突かれて浬は声を上げた。

「あっ! あっ、うっ」

思わず後ろにずり上がろうとしたが、今度はソファの背もたれに阻《はば》まれて逃げ場がなかった。すべて飲み込むまで許されない。深く根本までくわえ込んだそこに、睾丸《こうがん》まで押しつけられて浬はただ身体を震わせて喘《あえ》ぐしかない。

「やんっ、やっ……も……入ん……なっ、や、あっ……っ」

坂城は熱い欲望にたぎった物を浬の奥まで飲み込ませて、さらにそのまま腰をうねらせる。内側をかき混ぜられるような感覚に、繋がった部分から脳髄《のうずい》まで痺《しび》れにも似た疼きが走り浬は声もなく戦慄《わなな》いた。

身体をよじって逃《のが》れようとしても、腰を掴んだ手はまったく緩まない。

「や……や、も、無理……お願、い……あっんっ、や、いや……」

もう意地を張ることも出来ずに懇願《こんがん》するが、坂城は余裕のない顔で見つめながらさらに腰を使ってくる。

「浬……もう少し、だけ……我慢して」

「ああっ、あっあっ……も、や……や、やめっ、抜い……て」

突かれる部分から全身に疼きが走る。体中の皮膚が敏感になり、坂城の漏らす荒い息が肌に掛かるだけでも感じてしまう。

際限《さいげん》のない快楽におびえ無意識のうちに涙を流して懇願する浬に、坂城はようやく動きを止めた。

ゆっくりと引いていく熱い欲望に、少しの寂しさと共に安堵の息を吐いた浬の呼吸が途中で止まる。

「ひっ！　うっく……ん、あっ、あっ」

抜け落ちるギリギリまで引き抜かれたそれで、再び奥まで貫《つらぬ》かれた。それは何度も何度も繰り返され、浬の身体と意識を翻弄《ほんろう》する。

「やっ、や、やっんっ、……あうっ、あんっ、あっん」

肩に縋《すが》り付《つ》くようにして揺さぶられ続ける。濡れた身体のぶつかり合う淫《みだ》らな音と、自分が漏らす甘ったるい声が恥ずかしくてたまらなかったが、耳を塞《ふさ》ぐことも声を殺すことも出来ない。

「このまま……出すよ」

「んっ、うん……んあ、うっ」

まともに返事も出来ない状況だったが、坂城のすることはすべて受け入れたい。何度も頷く浬に一際深く腰を進めた坂城が胴震《どうぶる》いしたのと同時に、熱い液体が自分の中に放たれたのを感じた。

自分の中が満たされる感覚に恍惚《こうこつ》となりながら、浬も全てを吐き出した。

「く……ふぅ」

「坂城……さん」

満足した様子で大きく息を吐く坂城の頭を、胸に抱え込んで頬ずりする。浬は愛《いと》しい情熱をすべて自分の中に留《とど》めたくて、残さず搾《しぼ》り取るように腰を使い続けた。

お互いをタオルで清めて服を着てからも身体の熱はなかなか去らず、浬は坂城の膝に乗ったまま、互いの首筋や頬に口づけ合う。

浬は時間も人目も気にせず、甘やかな時間を存分に楽しめる幸せに酔《よ》った。

「浬」

「うん？」

「また、こうして会ってくれるよな？」

「もちろんでしょう。どうしてそんなことを」

わかりきったことを訊く恋人に、浬は首をかしげる。

その額《ひたい》に汗で張り付いた髪を、坂城がゆっくり指先で梳《と》かす。

「仕事はこの先どんどん海外へ流れていくだろう。さすがに、俺もこの流れはどうすることも出来ない」

「分かってます。坂城さんのせいじゃないのに、そんなの気にしないでください。坂城さんは精一杯力になってくれて……今日だって、来てくれて嬉しかった」

『ＳＡＫＡＫＩ』からの仕事がなくなるのは、坂城のせいではない。恨んでなどいないと、浬は坂城の胸に頬ずりする。

恨むどころか、これからはこうして外で会える。仕事を失うのは辛《つら》かったが、それでもこんな恩恵《おんけい》を受けられるのだと浬は前向きに捉《とら》えていた。

仕事なら営業でもして何とか出来るかもしれないが、恋人の代わりなどそう探せるものではない。

代わりのいない大切な人に身をすり寄せる浬を、坂城も愛おしそうに抱きしめた。

「浬の家はどこなんだ？　ここから近いのか？」

「家はここです」

まさかこの事務所で寝泊まりしているのかと辺りを見回す坂城に、浬は少し違うと笑った。

「ここの、二階です。ちゃんとお風呂もキッチンもあるし、普通に暮らせるようになってるんですよ」

「ふうん……ここでねぇ」

プレハブ造りだが、生活に不自由がないだけの設備が整っている。そう言われても想像がつかないのか、坂城は不審そうに生活空間があるという天井の方を見渡した。

「他の家族も一緒なのか？」

「いえ。家の両親は離婚していましたから、ここに住んでたのは父と僕だけで。母と妹は関西の方で暮らしています」

昔は父と二人で暮らしていたが、父が亡くなってからはずっと浬が一人でここに暮らしてきた。

「本当に浬は工場一筋だったんだな。でも、お父さんも亡くなられたんだから、もうこんな工場に縛《しば》られることはないだろ」

「こんなって……ひどいですよ」

むくれる浬のご機嫌を取るように、坂城は髪をなでて口付ける。

「すまない。でも、この工場を継がなければいけなかったせいで、君は大学に行けなかったんだろう？　もう工場は閉めて、今からでも大学に行く気はないか？」

突然の提案に面食らったが、勉強は嫌いではなかったし大学に進学する友人をうらやましいと思ったこともあった。

それに工場の仕事がいつまであるのか分からないこのご時勢、少しでも学歴があった方がいいだろう。景気が低迷している今、無理に続けるより一旦工場を閉めてスキルアップを図《はか》るのも悪くはない気がする。

だが、工場はぎりぎりの資金繰《しきんぐ》りでやって来た。一時とはいえ閉鎖《へいさ》して収入が絶《た》たれれば、浬の僅かな蓄《たくわ》えなどすぐに尽きてしまうだろう。

「大学か……行きたくないって言うと嘘になるけど……」

「学費なら俺が出してあげるから、心配しなくていい」

避けては通れない現実的な問題に考え込んでしまった湮の気持ちを、見透《みす》かしたように坂城が提案してきた。

「でも、そんな……」

「その代わり、今まで通りこの関係を続けて欲しい」

「代わり、に？」

おかしな言い様《いよう》に引っかかる物を感じ、湮は眉をひそめる。

「もう仕事は回してやれないが、代わりの物を支払わせてもらう。君とのことを、これで終わりにしたくないんだ」

「ちょっ、ちょっと待ってください。仕事の代わり……って？　そんな、そんなの関係ないでしょう？」

「関係ない？　君は仕事が貰えないなら、俺との付き合いはもう終わらせたいって言うのか？」

「あなたは……僕が、仕事が欲しくてあなたに近づいたと思ってたんですか？」

坂城の言い様は、まるで恋人同士というより契約関係にある愛人への話のようだ。

自分達の関係はそんなものではない。そう湮は信じていた。だが、まさかという想いで聞いた問いへの答えは、思いもよらない物だった。

「そっちから色目を使ってきたくせに、今更どうしたっていうんだ？」

「色目って……僕は、そんなつもりじゃあ……」

浬は確かに初めて坂城を見たときから、坂城のことをずっと見つめていた。

だがそれは、坂城がどんな立場の人間か、名前すらも知らないうちに恋をしたから。広い肩に自信家の瞳。こんな人といられたらいいと、ただひたむきに想っていただけ。

「社長の血縁者と関係を持てば有利になると思ったから、俺と付き合ってくれたんだろう？」

「僕は……僕は、そんな物が目当てであなたを見てたんじゃない！」

「分かったよ。分かったから、そんなにむきにならないでくれ。……よくあることだ。今までにも何度も……」

何が分かったというのか。釈明しようとする浬を遮《さえぎ》り、どこか諦めたような薄笑いを浮かべる坂城が、何を考えているのか浬にはさっぱり分からなかった。

「僕はただ、あなたのことが好きだから……だから……」

「それなら、仕事より俺を選んでくれるだろう？　ここは閉鎖して、俺の援助を受けて大学に行けばいい」

浬の言葉に、坂城は縋るように肩を摑んで迫る。

でも、坂城が好きだからといって工場を畳《たた》むなど出来ない。ゆくりない話に困惑するばかりだ。

「どうしてそうなるんです！」

叫ぶように問う浬に、坂城ももどかしげに語気を強める。

「これから生産拠点はどんどん海外に移っていく。俺にはもうそれをどうすることも出来ない。先の見えない製造工場にこだわって、何になるんだ！」

「先が見えなくても、細々とでも続けていければ……続けられる限り、この工場を続けたいんです」

「……俺より、仕事の方が大事なのか」

「どちらが大切かなんて選べません！」

蔑《さげす》むような視線を向けられて、浬は戸惑いながらも正直に答えた。

坂城を愛するのと同じくらい強く、この工場を愛している。

必死に縋る浬を押しのけるようにして立ち上がった坂城は、唇の端を上げて笑いながら浬を見下ろす。

「――やっぱり君も、他の奴らと同じ、か」

「他の……？　僕はただ、この工場を守りたくて……」

「俺よりも、あの古びた工場の方が大切ということか。あれが男にこびを売ってでも守りたいほどの物か？　それとも、社長の肩書きが惜《お》しいのか？」

まるで言葉が通じない宇宙人を相手にしているようだった。坂城の言葉の意味が浬にはまるで理解できないし、坂城も浬の言葉をまるで聞いてくれない。

ひどい誤解をなんとか解きたいと思うけれど、混乱した思考回路はまともに働かず、口を開いても酸欠《さんけつ》になったように荒い息が出るばかりで言葉にならない。

自分は男にこびなんて売らない。あの工場は父が建てて、親子二人で続けてきた大切な工場だ。

自分と自分の大切な物が踏みつけられて汚されている気がして、自衛本能が暴走する。

「ここは父が作った大事な工場なんだ！　僕が守らなきゃ……僕が……僕の工場から出て行ってください！」

浬はもう話し合うことなど諦め、ただただこのわけの分からない男を、自分しか守る者のいない大切な場所から追い出したかった。

「そんなに……工場が大事か。あんなものが、俺よりも……」

どこか寂しげに工場の方を見つめた坂城は、それ以上は何も言わず帰っていった。


『ＳＡＫＡＫＩ』からの仕事が減った分、工場の就業《しゅうぎょう》時間も減る。従業員には週に三日休んで貰《もら》い、時には昼までで帰って貰うこともある。

けれど、一人で出来る仕事は自分でこなすようになったため、浬《かいり》の仕事だけは増えていく。

毎日毎日、工場の仕事に得意先への納品《のうひん》。新しい仕事を求めての営業、と浬は休む間もなく働いた。昼食も移動中のトラックの中で、おにぎりやサンドイッチで済ませる。めまぐるしく走り続けの一日を終え、疲れ切って倒れるように布団に入ってもなかなか眠気はやってこない。

夜の静寂に身を置くと、どうしようもない孤独感に包まれる。

昼間は忙しさに紛《まぎ》れて考えずに済んだ坂城《さかき》のことが、どうしても頭に浮かぶ。

いつか坂城と一緒に眠れればと願っていた。その夢は一度も叶わぬまま潰《つい》えた。

せめて夢の中で会えたら――いや、それは虚《むな》しすぎる。こんなことなら、出会わない方がよかった。

心に満ちてくるのは、虚しく悲しい想いだけ。

今はただ、夢も見ないでぐっすりと眠りたくて、心を空《から》っぽにするよう努《つと》める。

しかし横になったものの眠れる気がしなかった浬は、手探りで枕元においた音楽プレーヤーの再生ボタンを押す。

スピーカーからは、雑音かと思うほどの小さな音が流れてくる。浬は目を閉じ、単調にくり返されるその音に意識を集中させた。

じっと聞き続けていると、頭の中に真っ黒な海と砂浜が浮かんでくる。

スピーカーから流れるのは、波の音。

浬が掛けたのは、波の音が流れるだけのヒーリングや環境音楽といわれるものだった。

――子供の頃、浬は海辺の街で育った。

父とは離ればなれだったけれど、互いに行き来して頻繁《ひんぱん》に会っていたし、近所の幼なじみと浜辺で遊ぶ毎日が楽しくて仕方がない。何の悩みも心配もなくて、よく遊びよく眠った。

ただ運動会や遠足の前などは、気分が高揚《こうよう》してなかなか寝付けなかった。

そんなときは「波の音を聞けば眠れる」と母が教えてくれた。

半信半疑で窓の外から聞こえてくる波の音に耳を澄ませていると、浬の意識はいつの間にか海の中にいた。

水の中なのに息は出来て苦しくなく、周りには魚たちが泳いでいる。

海の中は月明かりの夜のように薄暗くて誰もおらず、だけど怖くはない。それよりも、泳ぐたびにキラキラと輝く魚たちの鱗《うろこ》の美しさに目を奪われる。

いつしか浬も魚になって、広い海を無邪気に泳いでいく――そんな楽しい夢を見ながら眠れた。

だけど今は、もう魚にはなれない。

何にもなれない浬の意識は、ただ真っ暗な海の底に落ちていった。

眠りはなかなか訪《おとず》れず、眠ったと思えばもう朝。毎日がそんなくり返し。

こんな状況では当然食欲も湧《わ》かない。

それでも浬は、仕事が減ったせいでやつれたなんてみっともない姿を誰にも見せたくなかった。痩《や》せないように、カロリーの高そうな菓子パンを甘いコーヒー牛乳で流し込む。

結果、ぱっと見に痩せたとは勘付かれない程度の体重は維持《いじ》できたが、無理な食事に胃がやられてますます食欲はなくなる。

体力も落ち、毎日やっているスクワットの途中でよろけたりもした。

それでも仕事を休むわけにはいかなくて、浬は今日も『ＳＡＫＡＫＩ』へ荷台部分に青い幌《ほろ》を張った愛車の一トントラックで乗り付けた。

「……暑いな」

夏を感じさせるほどの六月の日差しに、狭いトラックの中はあっという間にクーラーが必要なほどの暑さになる。

製造棟の前の花壇では、今年は見ることもなく花を終えた垂《しだ》れ桜《ざくら》が今は青々と葉を茂《しげ》らせ、その枝は重そうにゆったりと風に揺れている。

しかし浬はそんな穏やかな景色に目をやることもなく、さっさと納品を済ませた。

「今日は原料を貰って帰るんだよな」

ダッシュボードから手帳を取り出し、次の作業を確認する。

最近はボーッとして注意力が散漫《さんまん》になることが多くなった浬は、しなければならないことは忘れないよう手帳に書き留めていた。

原料となる樹脂《じゅし》は、本部ビル脇《わき》の資材倉庫で検品《けんぴん》を済ませてから受け取る。それを納品に来た時に積んで帰るのが習慣だった。

だがそれすらも確認しなければ忘れてしまいそうなほど、浬は心身共に疲れ果てていた。

「浬」

資材倉庫のシャッターの前にトラックを駐《と》め直《なお》した浬は、後ろから掛けられた声に動きを止める。

坂城が浬の工場に来た日からずっと、浬は坂城を無視し続けていた。

社内で会ったときはもちろん電話やメールに応《こた》えることもなくなり、坂城用に設定した携帯電話の着信ライトのピンク色は、無視する色へと変わった。

坂城の番号を着信拒否にしても、他の電話から掛けてこられれば意味がないし、下手《へた》に拒否をして工場に掛けてこられても困る。

拒否はせずに無視し続けるしかなかった。

坂城は浬を恋人ではなく、枕営業を仕掛けてきた相手としか思っていなかったのだ。

浬にそんなつもりはまったくなかったが、坂城の口利《くちき》きで貰った仕事があるし、社内の情報を事前に教えて貰ったこともある。どう言いつくろおうと、その事実は消えない。

だから、坂城を責めるつもりはなかった。

ゴルフや酒の席を設《もう》けたりする程度の接待は、多かれ少なかれどこの業者もやっていることだし悪いこととは思わない。けれど身体を使っての接待など、まともなことではないと浬は思っていた。

それなのに、それを自分がしていると勘違いされていた。しかも、自分の方は初めて心から愛した人に――

考えただけで涙が出そうで、浬は二度と坂城の顔など見たくなかった。それでも仕事をしている以上、ここに納品に来ないわけにはいかない。

振り向かなくても分かる声の主《ぬし》を今日も無視し、浬は幌を開けて荷物を積み込む準備をする。

「浬……もうすぐ昼だし、弁当を買ってきておいたんだ。食べてくれ」

会社の仕出し弁当ではないらしい、袋代だけでも別に取られそうな華美《かび》な紙袋に入ったそれを差し出された。

しかし、横目で見ただけで振り向く気にもならない。物で釣《つ》られる男だと思われているようで不快だ。

「……僕は弁当も買えないほど貧乏してるように見えるんですか」

自分でも思ってもみなかった卑屈《ひくつ》な言葉が、浬の口を突いて出る。

顔を見なくても、気配で坂城がたじろいだのが分かった。

やつれて見えないように、と精一杯努力していたのが無駄になったようで悔しい。それに何より、同情を愛情と勘違いしてしまいそうになる自分が嫌だった。

「違う！　ただ、最近あまり身体の調子がよくないようだから、スタミナの付く物をと思って」

「身体の調子、ね」

均整の取れた浬の身体を、坂城は睦《むつ》み合《あ》うたびに褒《ほ》め称《たた》えた。それが衰《おとろ》えることが気にくわないだけだろう、と吐き捨てるように言う浬の肩を摑んで自分の方に向け、坂城は必死で食い下がる。

「変な意味に取らないでくれ。少し痩せたようだから……。これは肉屋がやってるステーキ店の弁当なんだ。いい肉を使っているから脂《あぶら》っこくなくて、食欲がなくても食べられると思う」

「結構です」

「そんな身体で無理をして、怪我でもしたらどうする！」

「労働災害の心配ですか。それは気をつけていますので、ご心配なく」

浬のためにわざわざ特別に用意してくれた物らしいが、肉のことなど考えただけでも胸が焼けるようにむかつく。

素気《すげ》なくあしらっても、坂城は強引に浬の手に紙袋を押しつける。

「要《い》らないなら捨ててくれ」

「捨てることないでしょう。あなたが食べるか、誰か他の人に上げればいい」

「これは浬のための物だ。誰にもやらない。浬が食べないなら捨てる」

子供のような言《い》い様《よう》にあきれたが、坂城なら本当に捨ててしまうだろう。

自分のせいで食べ物が粗末《そまつ》にされるのは本意ではない。仕方なく浬は紙袋を受け取った。

せめて代金を払うべきかとも思ったが、これ以上坂城と顔を合わせていたくなかった浬は助手席に弁当を放り込み、さっさと仕事に戻ろうとした。

けれど、坂城はまだ立ち去らない。

「話があるんだ。仕事の話だ。うちの取引先のデルタ産業で成形《せいけい》の経験のある技術者を探しているると聞いて、浬ならぴったりだろ？　デルタ産業なら俺のマンションから一時間もかからないから——」

「あなたのマンションの場所なんて知りませんし、そんな話を受ける気もないです」

浬は表情すら変えず、坂城の話をとりつく島もなくばっさりと切り捨てる。

今まで坂城に反論することなどほとんどなく、どんな無茶でも聞いてきた。だからちょっと優しくすれば、また言うことを聞くと思っているのだろう。

警戒心も露《あら》わな浬の冷たい口調に戸惑いを見せる坂城に、再び背を向けた。

優しさには裏がある。隙を見せたらつけいられる。

――それがここ数ヵ月、夢も希望もなく現実だけを見てきた浬の出した結論だった。

仕事が貰えそうだと思っても、見積もりを出したときと違う条件を後から提示されたり、足下《あしもと》を見られて値切られることもあった。

甘い期待は煮《に》え湯《ゆ》に変わるばかりで、寄《よ》る辺《べ》のない船のように頼る人もいない浬の心は、静かに深く蝕《むしば》まれていっていた。

「しかし、この程度の発注では、工場が持たないいんだろう？　もうあの工場は閉めて、どこか他に就職をした方がいいんじゃないか？　今のままじゃ浬の身体が持たない。顔色も悪いし――」

確かめるように浬の頬に伸ばされる手から、反射的に逃げた。

坂城は、本当に浬を心配してくれているように見える。けれど、そんな上辺《うわべ》に騙《だま》されてはいけない。

浬は自分を守るため、頑《かたく》なに弱さを隠す。

坂城を無視して、資材倉庫のシャッターを開けた。

「宇津木《うつぎ》です。こんにちはー。原料をいただきに来ました」

浬は中で作業をしている従業員に、ことさら明るく挨拶《あいさつ》して資材倉庫に入り、慣れた様子でフォークリフトに乗り込む。木製のパレットに乗った原料を、フォークで持ち上げてトラックの荷台まで運んで積み込み作業に移る。

フォークリフトから降りた浬に、それまでただ黙って見ていた坂城が近づいてきた。

「手伝おう」

「シャツが汚れますよ」

言外に断る浬を無視し、無言で原料の袋を持ち上げようとした坂城の動きが止まる。予想以上に重かったのだろう。

今度は気合いを入れて踏ん張って持ち上げると、荷台に積み込んだ。

「これを、浬は毎回一人でやっていたのか?」

「今日は少ないくらいです」

浬が父と二人で来ていた頃は、このトラックの荷台に二段重ねでいっぱいに積み込んでいた。それが今は一段の半分ほどしかない。

感傷に浸《ひた》ってしまいそうになった浬は、さっさと済ませようとてきぱき身体を動かす。

持ち手のない重い袋の扱《あつか》いに苦慮《くりょ》し、最初はぎこちなかった坂城も要領を得たのか、浬と同じように機敏《きびん》に運び始める。

一人でなら荷台に乗ったり降りたりしなくてはならないが、二人で行うと作業は速い。荷物はあっという間に荷台に収まった。

「これで全部か? 終わったんなら話を聞いてくれ」

「手伝ったから、仕事を紹介したから……また犯《や》らせろって言うんですか?」

疲れに鈍《にぶ》った思考回路は、どんどん自虐的《じぎゃくてき》な方向に流れていく。

自分が今どれほど卑屈な顔をしているか、想像がついて浬はますます憂鬱《ゆううつ》な気分になった。

「そんなつもりで手伝ったんじゃない！　デルタ産業のことも、ただ浬のことが心配で」

「心配なんてされるいわれはないです。あなたの紹介の仕事も要りません。だから、もう僕に関わらないでください！」

何もかも考えるのが嫌になった浬は、坂城を振り切ってトラックに乗り込んだ。

この会社の中で、唯一《ゆいいつ》浬が逃げ込める場所。ドアをロックし、俯《うつむ》いてハンドルに顔を伏せる。

重い荷物を運んだ腕が、肩が、何か重い物が乗っているように怠《だる》い。

実際に目に見えない物が、浬の肩にはのし掛かっている。工場のこと、従業員のこと、そして坂城とのこと。

責任感と、どうしようもない孤独感が毎日毎日、薄く積み重なっていく。

それが重くまとわりついて、身動きが取れない。

コンコンと窓を軽く叩く音に僅《わず》かに顔を上げて視線を送ると、窓の外に坂城の心配そうな眼差《まなざ》しがあった。

「飯は、ちゃんと食えよ」

優しく聞こえる言葉に泣いてしまいそうで、浬はまた俯いた。

どんな裏があるのかも分からない言葉を、嬉しいと感じる自分に嫌悪感《けんおかん》が湧《わ》く。

もっと強くならなければ。

どれほどそうしていたか、近くをフォークリフトの通る音に顔を上げると、坂城の姿はすでになかった。

助手席には、坂城から貰った弁当が置いてある。

浬はそれを、昼と夜との二回に分けて食べた。胃にもたれるのを覚悟して先に胃薬を飲んでおいたお陰《かげ》か、食べてすぐはむかついたものの、翌朝まで引きずることはなかった。

それからの坂城は、浬が納品に行くと必ず手伝ってくれるようになった。もう他の就職先を勧めてくることもなく、ただ気遣ってくれる坂城の行動はありがたい。

だが、坂城が何を思ってそうしているのかを考える余裕は、浬の心にはすでになかった。

七月も半《なか》ばを過ぎたある日、浬《かいり》は『SAKAKI』の生産技術部から相談があると呼び出された。

用件は六月から本格始動したというアジア工場がらみだろうと、察しがついて気が重い。浬にとっては取られた仕事の話になど、関わる筋合いはない。

でも、どうしても果たさなければならない義理というものはある。

嫌々ながら事務所に向かうと、作業着姿の生産技術部の山寺正紀《やまでらまさき》とその他に見覚えのある顔の社員が五、六人待っていて、その中には品質管理部の坂城《さかき》の姿もあった。

予想外の大人数の出迎えに戸惑う間もなく、浬はそのまま倉庫へと案内された。

「な、何ですか？　これは。向こうで作った製品は、不良品も全部送って来るんですか？」

浬と坂城がかつて逢い引きに使っていた、あの古い倉庫に大勢の従業員が並び、長テーブルの上に段ボールの中身をぶちまけて検品《けんぴん》作業を行っている。

不良品まで送るなんてコストが掛かって仕方がないだろうに、何故《なぜ》アジア工場で検品しておかないのか理解に苦しむ。

自分の工場でなら迷わずスクラップ行きにする不良品の混ざった製品を、浬は呆然と眺めた。

「アジア工場の整備が遅れてまして、組み立てと包装だけは従来通りうちで行うことにしたんですが、来た製品がこれで……今まで見たことのない不良品なので、どう対処すればいいものかと」

山寺は途方に暮れた様子で説明したが、途方に暮れたいのは浬の方だった。

こんな製品を納品《のうひん》するなんて、浬の工場ではあり得ない。馬鹿にしているのかと言いたいのをぐっと堪《こら》える。

「当たり前でしょう。こんな一目で分かる不良品を、うちが納品するわけないじゃないですか。大体こんな派手なフラッシュやヒケなら、検品以前に作っている最中に見付けないと」

「フラッシュ？」

聞き慣れない言葉に戸惑う、浬とそう歳が変わらないくらいの若い社員に、浬は製品を手にとって問題のある箇所《かしょ》を指し示す。

「この傷です。カメラのフラッシュみたいでしょ？」

「ああ、なるほど」

「こっちのヘコんでるのがヒケです」

ヒケは表面のへこみ。フラッシュとは、フラッシュの光のように中央から放射状に走る微細《びさい》な傷。

言い得て妙な呼び名に、覗き込んでいた他の社員達も納得して頷く。

こんな基本的なことも知らない人達に、どうアドバイスすればいいのか浬は頭を抱《かか》えたくなった。

「成形機の温度調節がなってないか、原料の湿度管理が悪いか……基礎の基礎すら出来てないって気がします。大体、限度見本《げんどみほん》を出してないんですか？」

「渡してあってこれですよ……」

限度見本とは、ここまでなら大丈夫という良品《りょうひん》の判断基準を示す見本となる製品。それ以下の品質の物は不良として破棄《はき》するべきなのに、それを見て尚《なお》、アジア工場はこんな物を納品してきたのか。

肩を落として嘆《なげ》く山寺には心から同情するが、アジア工場のいい加減すぎる態勢には腹が立つ。

「向こうの品質管理はどうなっているんです」

「あー……いや、言葉の壁とか色々あるせいで、こちらの意図がなかなか伝わらないとかで……」

山寺は、品質管理部の坂城に気を遣って言葉を濁《にご》す。

山寺の後ろに立ち、黙ってやり取りを聞いている坂城はどう思っているのか。苦虫《にがむし》を噛《か》み潰《つぶ》したような顔をしているが、浬は気にすることはなかった。

もう縁を切る気の――いや、向こうから切り捨てに掛かってきた企業の社員に、気を遣う必要など感じない。

浬は父の代からの恩義がある、山寺への義理でここにいるだけなのだから。

山寺はまだ四十代半ばだが頼りがいのある技術屋で、機械の改良や修理の際にいつも力になってくれた。企業側の人間だが下請《したう》けの事情について理解していて、便宜《べんぎ》を図《はか》ってくれた恩人である。

少しなりとも恩返しがしたい。父もきっとそうしただろう。

浬はこのくだらない基礎的な不良にうんざりしつつも、山寺に向かって対処方法を話した。話している間中、坂城はまったく口を出さず、ただじっと浬を見つめていた。

刺さるほどの視線を感じて肌が粟立《あわだ》つが、浬は素知らぬふりで話し続ける。坂城にしたところで理解できないだろう話だし、坂城の顔を見たくもなかった。

見れば、見つめてしまう。未練に気付いてしまう。援助を受けると言えば、またあの甘い一時が味わえるのだ。

金を貰うどころか払ってでも、欲しい――

「……やっぱり要《い》らない」

「え？」

愛してくれてもいない男との逢瀬《おうせ》を未練に思う、自分自身を戒《いまし》めるように呟いた言葉を山寺に聞きとがめられ、慌てて笑顔を浮かべてごまかす。

「ああ、いえ。こんな面倒な不良の対処は、やっぱり嫌だなーなんて」

「本当に大変ですよね。モールド加工は今まですべて下請けに外注《がいちゅう》していたんで、戸惑うことばかりです」

考えつく限りの原因とその対処法をひとしきり話し終えた頃、浬は製品を裏返して気になる部分を見つけた。

「このバリ……」

上下の部品の組み合わさる部分にあるバリ不良は、見栄《みば》えに影響が少ないためか良品に振り分けられていた。しかし、バリがあればそれだけ嚙み合わせが悪くなり、仕上がった製品の高さが上がる。

今なら何とかなるが、中に芳香剤《ほうこうざい》が入ってからでは修正は不可能だろう。これだけの量の製品が不良になれば、どれほどの損害が出るか。

だとしても、浬にはもう関係のないことだ。放っておけばいい。だが——

「組み合わせると、一㎜近く高さが変わりますね」

「ああ……でも、これくらいでしたら問題ないのでは？」

浬の指摘を、山寺は大したことではないだろうと軽く流そうとした。

確かに見た目にはあまり影響はないが、問題はそこではない。

「以前にバリを出してしまったときに、一㎜以上かさが上がると、パッケージに製品が入らなくなると注意されたんです。梱包部《こんぽう》に確認した方がいいですよ」

浬の提案に、内線で呼ばれた包装担当の社員がパッケージを持ってやって来たが、やはり組み合わせると中に収まりきらなかった。

中で製品が動かないように、パッケージがぎりぎりのサイズで作られているのがこの場合は仇《あだ》となる。こんなことも知らないとは、社内では製造部同士でも連携《れんけい》が取れていないらしい。

この会社が如何《いか》に製造を蔑《ないがし》ろにしているかを思い知らされた浬は、怒ることすら馬鹿馬鹿しくなり、坂城や山寺と他の社員のやりとりをぼんやり眺めていた。

「これは、やっぱり不良にしないと駄目ですかね」

山寺からアドバイスを求められ、なんとか意識をはっきりさせて対処法を伝える。

「この程度のバリなら、電動ルーターで二回ほど削《けず》るだけでなくなります。組み合わせてしまえば削った跡も見えませんから、大丈夫でしょう」

「じゃあ試しに削ってみます」

従業員に持ってこさせた研磨《けんま》用の電動ルーターで削った製品をパッケージに入れてみると、何とか入るようだ。

「ありがとうございました。今から発注を掛けたんじゃ、今月分の納品にはとても間に合わないところでしたよ。——他所《よそ》の部署からもルーターをかき集めろ！　あるだけ借りてこい！」

浬に丁寧に礼を言うと、山寺はまた慌ただしく指示を出しに行く。

できる限りの協力はしたのでもう帰ろうとした浬を、坂城が呼び止める。

「かい……いや、宇津木《うつぎ》さん——」

「坂城課長！　バリはどこまで削ります？　品管《ひんかん》で限度見本を作って下さい」

「ああ、分かった。宇津木さん、少し待っていただけますか？」

待てと言われても、もう浬に出来ることはない。待つ理由のない浬は、そのまま倉庫を後にした。

「まあ……全部不良にしちゃったら、もったいないしね」

会社に損失《そんしつ》が出ることより、不良品になれば資源の無駄になる。地球に優しいことをしただけ。

——やけにスケールが大きなことになった言い訳に、浬は自棄《やけ》になりつつ微笑んだ。

無理に笑ってみても心は晴れず、さっき見た不良品の山が頭にこびりついて離れない。

振りきるように頭を振って空を見上げると、小さな雲が流れるだけの空の青さが痛いほど目に染《し》みる。

「あんな物を、平然と納品してくる工場に負けたのか……」

浬は一万個の内のたった一個の不良品のために呼び出され、謝りに行き始末書を書いたこともあった。

その埋め合わせに、深夜まで仕事をする羽目《はめ》になったこともある。それでも、不良品を出してしまったのだから仕方がないと懸命に働いた。

浬の父がそうだったように。

どんなことがあろうとも、不良品を出してしまったら頭を下げるしかない。どんな言い訳も利《き》かない。そう言って、製品のチェックを欠かさなかった父の背中を見て浬は育った。

だから浬も、不良品を出さないために今までどれほどの神経を使ってきたか。

それなのに——

「あの不良品の山は何だよ。自分達の工場で作ったものなら、あれでいいのか。あんな……あんな……」

今までの父と自分の苦労は何だったのか。

思わず呟いた浬の胸に、その憤《いきどお》りと悔しさは溶《と》けた鉛《なまり》のように熱く重くのし掛かる。

「いた……いててててっ」

最近は平素《へいそ》でもじくじくとした痛みを持っている胃が、きゅっと縮《ちぢ》こまったかのような違和感の後で、きりきりと痛み出す。

浬は背中を丸め、鳩尾《みぞおち》の辺りに手をあてがって痛みを押さえ込む。しかし、そんなことで痛みが治まるわけもない。

もはやすっかり常備薬《じょうびやく》になっている胃薬を飲もうと、飲み物を求めて自動販売機のある休憩所へ行くことにした。

休憩時間には何人かがたむろする場所だが、就業時間中の今は誰もいない。少し休んでいこうとして、後ろから聞こえた声に浬は表情を曇《くも》らせた。

「浬」

仕事の段取りを付けて浬を追ってきたのだろう、坂城が呼びかける声は聞こえる。けれど、今は坂城の声など聞きたくなかったし、何よりまずは胃の痛みを何とかしたかった浬は黙って自販機に向かう。

「浬。話を聞いてくれ」

ペットボトルの麦茶を買ったものの、胃痛の最大の原因の前で胃薬を飲むのは、これ見よがしで嫌味な気がする。浬はどうしようかと悩み、何の答えも出せずただ黙って俯《うつむ》いたまま立っていた。

「今日は本当に助かったよ。ありがとう」

「不良品になると、分かっていて黙ってるのも気が引けたので……それだけのことです」

「そうか。それでもうちは助かったよ。よければこれからもアドバイスをしてくれないか？　もちろん、仕事としてちゃんとアドバイス料は支払わせて貰う」

「これから改善されていくでしょうし、僕の出る幕なんてもう無いでしょう」

近づいてこようとする坂城を、浬は俯いたまま後ろに下がって拒絶する。

「浬……どうして目をそらすんだ」

「あなたこそ、どうして僕に構うんですか」

「山寺とは目を見て話せても、俺とは話も出来ないってことか」

「話すことなんて何もないじゃないですか」

「山寺とは話していたのに？」

最近の浬はずっと、坂城に話しかけられても顔すら上げずにいた。

坂城は自分とは目も合わさない浬が、仕事の話とはいえ山寺と熱心に会話していた姿が気にくわなかったのだろうと容易に想像がつく。

「じゃあ、ショートショットの対処法の話をしましょうか？　それともフローマーク？」

「あいつと――山寺とも、寝てたのか？」

坂城の言葉に目の前が真っ白になり、ボコンと不思議な音が頭に響く。

その音で、浬は自分がペットボトルを持った手で、坂城の顔を殴《なぐ》ったと気付いた。

久しぶりに正面から見つめた坂城の顔は、今まで見たこともないような表情をしている。

殴られた痛みより嫉妬でゆがんでいるのだろう坂城の顔が、ただただ気持ち悪かった。

「お前の頭にはそれしかないのか！　お前らみたいなクソ野郎がトップじゃ、こんな会社、長くは持たないだろうよ。泥船《どろぶね》から逃げ出せて清々《せいせい》するよ！」

浬は坂城を、初めて荒っぽい言葉で罵《ののし》った。坂城どころか他の誰にも、こんな風に言葉を荒らげたことなどなかったのに。

それほど腹が立った。

坂城は、浬のことを仕事のためなら誰とでも寝る男だと思っていた。それが分かって、今まで浬の胸の中で渦巻《うずま》いていたマイナスの感情が一気に吹き出したのだ。

「浬。じゃあ、君はあいつとは寝てないんだな？」

「好きでもない相手と寝るなんて最低だ！　そんなこと、誰がするか！」

坂城への怒りより、そんな誤解をする相手を愛していた自分が恥ずかしくなる。

「それじゃあ、俺とのことは本当に――」

悔しい。情けない。みっともない。

次々にわき上がる感情に支配された浬は動揺し、何か独り言のように呟く坂城を無視してその場から走って逃げ出した。

トラックに飛び乗ると、急いでエンジンを掛けて正門へと走らせる。

「どうも」

規定通り守衛室の前でトラックを止め、退社を告げるため受付にいる顔なじみの守衛さんに窓だけ開けて挨拶をすると、守衛さんが受付から身を乗り出してきた。

「お疲れ。宇津木さん、何か呼んでますよ？」

指摘されなくても、浬にも坂城が自分を追って走って来ているのはサイドミラーで見えていた。

殴られた報復がしたいのか、文句でもつけたいのか。どちらにせよ、これ以上関われば傷が深まるばかりだ。

心が壊れる前に、一刻も早くここから逃げなくては。

「ええ。だから帰るんです」

「ははは。何かやっかいな注文ですか？」

自分でも不思議なほど自然に笑いながら答える浬の言葉に、深刻な事態ではないと判断したのか守衛さんもからかい口調で、浬を止めることなく見送ってくれる。

サイドミラーに映《うつ》る坂城の姿は、見る間に遠くなっていった。

爆発させた感情が静まると、世界はふわふわとした現実味のないものに感じる。ともすれば意識が飛びそうになり、浬は事故を起こさないよう必死で運転に集中した。

集中しすぎて緊張したのか身体が強《こわ》ばり、工場内の駐車場に着いてもハンドルを握る手が開かない。何度か深呼吸をくり返し、ようやく力が抜けてきてハンドルから引き離した手は、小刻みに震えていた。その震える手をじっと見つめる。

この手で、一所懸命働いた。

だが工場の仕事は激減《げきげん》し、明日をも知れぬ状況。

恋人と手を繋《つな》いだつもりでいたのも、ただの勘違いだった。自分ひとりが恋人気取りではしゃいでいただけ。

この手は、何もつかめなかった。

「僕は、何をやってたんだろう。何やってんだろう……ごめん。本当に、ごめん。父さん……も……無理……無理だよ……」

情けなさに顔を覆《おお》うと、何もない手のひらから涙だけが零《こぼ》れ落《お》ちる。

気が付くと、浬は声を上げて泣いていた。

息を吐いているのか叫んでいるのか、それすらも分からない。空気を吸おうとすると、ヒュッと引き攣《ひっ》れたようにのどが鳴って身体が跳ね上がる。

まともじゃない。どうかしている。滑稽《こっけい》だ。

空気をふるわせるほどの慟哭《どうこく》を、どこか他人事のように感じている自分がいる。

今までにも理不尽なクレームを付けられた日には、布団に入って目を閉じると無意識のうちに悔し涙が溢《あふ》れてくる時はあった。

それでも、こんな風に泣いたりはしなかった。

安いだけで品質も何もあったものではない工場に仕事を奪われ、恋愛にいたっては恋人と思っていたのは自分の方だけ。

情けないこの状況を、それでも冷静に受け止めて対処できると思っていた。乗り越えられると信じて踏ん張ってきた。

だが、こんなにも自分は悔しかったんだ、辛かったんだと浬は今更気付いた。

――気付いてしまうと、もうどうしようもなかった。

坂道を転がり落ちるように、浬の心は工場を畳《たた》む方向に動いていった。

細川《ほそかわ》とパートのおばさん達の今後のことが心配だったが、細川が仕事を辞めて奥さんの看病に専念したいと言い出したことも浬の背中を押した。

パートのおばさん達も、日に日にやつれていく浬の痛々しい姿に耐えかねていたようで、逆に浬の方が心配されてしまった。

何もかも捨ててしまうと、浬は父が亡くなってからずっと背負っていた荷物を下ろしたような解放感を味わった。


消波《しょうは》ブロックにあたって弾《はじ》ける波の音に、時折混じる海猫《うみねこ》の鳴き声。風は太陽に熱せられた髪をなぶり、唇に風の運んだ潮《しお》を感じる。

Tシャツにクロップドパンツとビーチサンダルというラフな格好《かっこう》で、磯《いそ》の匂いに包まれながら漁港に続く堤防《ていぼう》の上で横になっていると、周りの世界を身体全体で感じた。

五感の全てが働いて、頭の中は空《から》っぽになる。

心地よさに大きく息を吐くと、目を閉じていても感じるほどの強い日差しがふいに陰った。

「浬《かいり》！　お前、まーたこんなところで寝て！　日射病になんぞ！」

怒鳴《どな》り声に、残暑《ざんしょ》厳しい九月の太陽をまともに受けるコンクリートの堤防の上で、焼き魚よろしくこんがり焼かれようと寝そべっていた浬は面倒《めんどう》そうに目を開く。

日差しを遮《さえぎ》っている青年の、日に焼けた健康そうな肌の色。その向こうに見える空の青さと白い雲の輝き。身体を起こすと、群青《ぐんじょう》の海の表面が日の光に照らされ、きらめいているのが見える。

すべての光景が眩《まぶ》しくて、目を細めた。

――浬は今、母の生まれ故郷で自《みずか》らも小学生の間を過ごした、静かな港町に暮らしていた。

穏《おだ》やかに流れる時間と、それとは裏腹な鮮《あざ》やかな色彩に、澱《よど》んでいた心が洗われる気がして自然に顔がほころぶ。

いつもより雲の流れる速度が速く感じられるのは、ここに来て自分がのんびりしすぎているせいだろうかなどとぼんやり考えていると、鼻をつままれた。

「寝ぼけてないで、ちゃんと起きろ。つーか、朝っぱらから寝るな！　お前、また携帯持って出るの忘れてるだろ。携帯電話は、携帯するから携帯電話なんだぞ！」

「持ってるよ。でも、電源入れるの忘れてた」

「意味ねーっ！　忘れてた、じゃないだろ。もう、ヘラヘラ笑ってねーでしっかりしろって」

鼻をつままれても怒鳴りつけられても微笑《ほほえ》んでしまうのは、自分のことを心配してくれる人がいることへの子供っぽい喜びからだろう。

目の前で浬を叱りつけている矢口真吾《やぐちしんご》は、浬の幼なじみで小学校時代の同級生。

背が伸びて髪も茶色く染《そ》めているが、腕白《わんぱく》なガキ大将がそのまま大きくなったような真吾を見ていると、楽しかった子供時代に返った気分になる。

真吾と共に過ごしたのは小学生の間だけで、その後の中学高校の間は夏休みなどにたまに会っていた程度。社会人になってからは、お盆《ぼん》に祖母の墓参りに来て会うくらいだった。

それでもこうしてまた毎日会うようになると、ここに帰ってまだ一ヵ月も経《た》っていないのに、まるで昔からずっと一緒だったかのような気さくな付き合いが出来た。

幼なじみはすごい、と感心と感謝の気持ちを込めて、浬は真吾を笑顔で見つめる。

叱りつけて微笑まれた真吾は、わけが分からずたじろぎながらも、心配げに浬の傍《かたわ》らにかがみ込む。

「な……なんだよ。ボケーッとして。やっぱ日射病になったか？」

「いや。ところで何の用？」

「お袋が準備を手伝ってくれって。俺も親父も漁港の方で手一杯だからさ」

「準備？　何の？」

きょとんと見つめてくる浬に、真吾はもどかしげに頭をかきむしる。

「だーっ、もう。お前はほんっとにのんきだな。台風だって。台風が来んの！　直撃コースまっしぐらなの！」

「台風かぁ」

「お前ねぇ……ニュースくらい見ろって」

それでこんなに速く雲が流れているのかとのんびり納得する浬に、真吾はもはや怒る気力も失《う》せたらしい。怒鳴るのはやめて忠告口調になっていた。

「テレビのアンテナが折れたまんまなんで、映らないいんだよ」

「だからさっさと直せって——ああ、もう。それはいいから、家の雨戸《あまど》、かたくってなかなか閉められなくてさ。お袋とばあちゃんだけじゃ手に負《お》えないんで、手伝ってやってよ」

「分かった。こっちは僕に任せて、真吾は仕事に行ってくれ」

立ち上がり身体についた砂を払いだした浬の様子に、ようやくしっかり目が覚めたと判断したのか、真吾は仕事に戻る気になったらしい。

「おう、頼んだ。あ、そーだ、携帯の電源入れろよー!」

走り去りながら叫ぶ真吾を笑顔で見送ると、浬は携帯電話の電源を入れた。

あれから——浬が工場を畳《たた》んで以来、坂城《さかき》からは電話もメールも一度もなかった。

それでも未練げにもうピンク色の着信ランプを灯《とも》すことのない携帯電話を見つめてしまう自分が嫌になって、つい電源を切ってしまうのだ。

「クソ野郎とまで言っといて、殴《なぐ》っといて……何考えてんだろ。バカか、自分……」

ひどいことを言われたからとはいえ、あれだけのことをして連絡などあるはずもない。トラックを追ってきた坂城を振りきって帰ったが、あの時に坂城は何を言おうとしていたのだろう。ちゃんと聞いておけばよかった。

気持ちが落ち着くと、後悔ばかりが湧《わ》き上《あ》がる。

あの頃は疲れ果てていて何も考えられず、きちんと誤解を解く努力もせず、とにかくこれ以上傷つけられたくない一心で逃げてしまった。

それからずっと、傷を見るのが怖くて目をそらすみたいに、考えないようにしていた。しっかりと傷を確認して手当した方が治りは早いのに、放っておいたせいで化膿《かのう》した傷のように、じくじくといつまでも心が痛む。

「最後に……一言だけ、謝っとけばよかったな……」

工場を閉鎖《へいさ》するにあたって『ＳＡＫＡＫＩ』に最後の挨拶《あいさつ》に行った日にも、浬は坂城と目を合わせることすら出来なかった。

納品《のうひん》や積み込みを手伝ってくれたり、弁当を買ってきてくれたことへのお礼の一言も言えずに終わった。

せめて暴力をふるったことだけでも謝っておけば、許されも許しも出来なくても、こんなに引きずることはなかったのではないか――

今更どうしようもないことをぐずぐずと考えてしまう、未練たらしい自分に呆《あき》れながら浬は携帯電話を握りしめる。

こんなことなら携帯電話など捨ててしまいたかったが、母と妹に連絡を取るのに必要なので思いとどまった。

工場にいい思い出がない母は、工場を畳んであの土地を売ると伝えると、息子が無職になるというのに赤飯《せきはん》を炊《た》いてやろうかとまで言って喜んだ。

あの工場は父が建て、浬が父と過ごした大切な思い出の場所。浬としては売りたくなどなかった。

しかし、仕事を辞めてしまって、そのまま維持《いじ》することは無理だ。

辛《つら》い選択だったが、それでもいいこともあった。

職を失った後の経済的な不安が、工場が売れたことでかなり解消されたのだ。

不動産屋には更地《さらち》にしないと売れないと言われたが、あの工場をそのまま使いたいという買い手が現れ、中の機材まで買い上げてくれた。

お陰《かげ》で金銭的な心配は当分しなくていいというありがたい状況に、浬は職探しの前にしばしの休息を取ることが出来た。

それに金銭的なことより何より、あの工場がこれからも工場として存続《そんぞく》されることは嬉しいことだった。

そんな安心感と、幼い頃に育ったこの場所が浬の心を少しずつ癒《いや》していく。

胃の辺りに常にあった熱い不快な塊《かたまり》は、暖かな違和感程度へと変わっていた。きっともうすぐ気にならなくなる。この胸の痛みが消えれば楽になるはず。

何もかも、新しくやり直せる。

そう願いながら、浬は真吾の家へと向かった。

当たり前のように、自分のお膳《ぜん》が用意されている食卓が嬉しい。
雨戸を閉めたり玄関に土嚢《どのう》を積んだり、一通りの防災対策を終えると昼食の時間になってい
て、浬はそのまま食事をごちそうになることになった。
「浬ちゃんだけじゃのうて、史代《ふみよ》さんらもこっちに帰って来《く》りゃええのに」
割烹着《かっぽうぎ》にほっかむり、といかにも漁港のおばちゃんな真吾の母の絹子《きぬこ》からの言葉に、自分を
歓迎してくれていることを感じ取り、浬は自然と笑顔になる。
「そうですね。でも母は向こうのスーパーに正社員として雇《やと》って貰《もら》えたみたいだから、なかな
かそうもいかないですよ」
浬の母の史代と、浬とは四歳違いの妹の美砂《みさ》は、祖母が亡くなるまで今は浬が住んでいる家
で暮らしていた。
初めは美砂だけ大学進学のため関西で一人暮らしをしていたのだが、今は母もそちらへ引っ
越している。
原因は、料理下手《べた》の美砂が無茶な食事制限のダイエットをして身体をこわしたせい。それで
とても放っておけないと、美砂の大学近くにマンションを借りて二人で暮らしだした。
一時的なつもりだったらしいが母の生活基盤もそちらに移り、結局は住めば都ですっかり向

こうに腰を落ち着けてしまった。

「こんなド田舎《いなか》、帰ってくるわけねーだろ」

「あんた、なーんで弁当作ってやったのに帰ってきよるん」

浬の隣で弁当を食べながら話に首を突っ込んできた真吾に、絹子は呆れた様子でため息をつく。

「ええじゃろー。どこで食ったって。浬がまたそこらで昼寝してないか心配だったんだよ」

「浬ちゃん、外で昼寝しとったん？　ここらも物騒《ぶっそう》なんじゃけぇ、外なんかで寝たらいかんよ」

「物騒って……」

向こう三軒両隣、すべてが知り合いの小さな町だ。何が物騒なのかと笑う浬に、絹子は真剣な表情で詰め寄る。

「それがねぇ、見たんよ。来たんよ！　この町にも、何ちゃら詐欺《さぎ》が！」

「詐欺？」

「隣町の、うちの親戚のお向かいのおばあちゃんが被害にあったやつ。何でも病気が治る水が作れるとか言って、何十万円もするバカ高い浄水器《じょうすいき》を売りつけよる、あれよ。クリーン何とかってのも出来なくて……えーっと、クーリン？」

「クーリングオフ？」

「そう、それ！　そのクリーンオフ！」

絹子は浬の助け船に頷きつつも乗《の》り損《そこ》ない、結局間違ったまま話し続ける。

「それが出来ないように契約させるんじゃって！　スーツ着た男前の兄ちゃんが、親切ぶった顔して上手《うま》いこと買わせるんだとー。おお、怖っ」

「え？　その、犯人を見たんですか？」

「そいつかどうかは知らんけど、先週に見た男、ありゃあそうじゃろう。こんなところを、何であんなスーツ着た男前がウロウロしよるかね」

自信満々に胸を張る絹子の、その根拠の適当さに脱力する。

「それは……ただの通りすがりの人では……」

「通りすがりならさっさと通り過ぎりゃあよかろうに、ウロウロしよって。ありゃー次の獲物《えもの》を狙《ねら》っとるんよ。気をつけんといかん」

夏に海水浴客が来るくらいのこんな辺鄙《へんぴ》な港町では、見慣れないスーツなど着た若い男はすべて怪《あや》しく見えるらしい。

これも台風の話題以外何の問題もない平和な町の、噂話の一つなのかもしれないと浬は深く追及するのはやめておいた。

「家には真吾がおるし、浬ちゃんもおるんじゃから、大丈夫じゃわ」

どこまで理解しているのか、座布団の上にちょんと座りニコニコと話を聞いていた真吾のおばあちゃんが、頼もしそうに浬を見上げる。そんなおばあちゃんを安心させるように、浬は微笑んで頷いた。

「なあ、浬。いつまでこっちにいられるんだ？」

デザートに出された心太《ところてん》を食べながら、真吾が尋ねてきた。

「いつまでって……何にも決めてないからなあ」

後先を考える余裕もなくここに帰ってきてしまったが、そろそろ身の振り方を考えなければいけないだろう。とはいえ、これといった当てもやりたい仕事もない浬は、大きなため息をつく。

そんな浬に、真吾は珍しく真面目な顔をして向き合う。

「俺さ、浬が出て行ったときに、俺も絶対にこんな田舎から出てってやるって思ったんだ。だけどさ、浬が親父さんと一緒に仕事してるって聞いて、何か格好いいよなーとか思っちゃってさ」

「それで、漁師になってお父さんの船に乗ることにしたの？」

真吾はただ長男だから跡を継《つ》いだと思っていた浬は、自分の行動が影響を与えていたと知って驚きに目を見開いた。

「んー、まあ漁《りょう》も好きだしな。自分の狙ったポイントが当たって大漁《たいりょう》になったときの、おっしゃー！　って感じがたまらんのよ。漁港のおっちゃんらも可愛《かわい》がってくれっし。板子《いたご》一枚下は地獄なんて言うけど、板子一枚上は極楽だぜ。なあ……浬も一緒に漁師やんないか？」

「僕は駄目だよ。知ってるだろ？　船酔いすごいんだから」

「んなの一ヵ月ほどゲロゲロやってりゃ慣れるって」

「やだよー、そんなの」

「いーじゃんよー。一緒に『荒波丸《あらなみまる》』乗ろうぜー」

じゃれついてきた真吾に押されて、二人して畳《たたみ》の上を転がる。無邪気なふれあいが楽しくて、浬は子供のように笑った。

「真吾！　いつまでも遊んでないで、さっさと仕事に戻んな！　浬ちゃんも、家《うち》のことばっかり手伝っとって、自分ちの雨戸とか閉めたんかね？」

台所で洗い物をしていた絹子に怒鳴られて真吾は渋々漁港に戻り、浬も一旦自分の家へと帰ることにした。

ここには浬の居場所がある。自分が必要とされているという喜びがあった。

家はボロだが修繕《しゅうぜん》すれば何とでもなる。ここに腰を据《す》えて、ここで職を探そう。

浬はゆっくりとだが前向きに、ここで暮らす決意を固めた。

昼過ぎに降り出した雨は、夕方には横殴《よこなぐ》りの暴雨《ぼうう》になった。

大粒の雨は屋根だけでなく壁までも叩きつけ、風が電線を鳴らす音が、分厚《ぶあつ》い雲に覆《おお》われた鉛 色《なまりいろ》の空に不気味に響く。

どんどん低くなる気圧に、空気まで重苦しいものへと変わる。

普段は海を望む絶好《ぜっこう》のドライブスポットとして人気の国道も、高波で閉鎖《へいさ》され通行止めになった。地盤《じばん》の脆《もろ》い斜面では、小規模ながら土砂崩《どしゃくず》れも起きているらしい。

台風と満潮《まんちょう》の時間が重なれば、海沿いの漁港の道は川と化してしまう。道が通れる間に、と浬《かいり》は真吾《しんご》のおばあちゃんを背負って、絹子《きぬこ》と一緒に避難所である高台の公民館へと避難していた。

公民館といってもそこは小さな体育館といえるほど広く、奥に置かれた大型テレビの前には、すでに十数人の住民が座っている。夫や父親などの男手が船を心配して漁港に行っている家族や、年寄りだけの世帯は早々と避難してきたらしい。

この辺りはよく台風の被害を受けるせいで、住人は台風慣れしている。避難も夏の終わりの少し迷惑な風物詩のように捉《とら》えているのか、外の暴風雨とは対照的に至って穏《おだ》やかだ。

男手の足りない中、浬は避難してきた人達の夕飯作りのための大鍋やガスコンロを運んだり机を並べたり、と地元のおばさん連中から散々《さんざん》にこき使われた。

夕飯をすませて周りも落ち着いた頃、ようやく雑用から解放された浬は壁際に座り、見るともなしにテレビを眺めていた。

どれほど時間が経《た》ったか、ふいに起こった入り口付近のざわめきの中に、浬は自分の名前を聞いた気がしてそちらを見た。

「――どこだ！　ここが避難所なんだろう？　ここにいるのか？」

「困りますって！　こっから先は地元のもんだけで……ちょっと、あんた！」

入り口では、無遠慮《ぶえんりょ》なマスコミの取材などを防ぐために町役場の人が待機している。その人達に止められていたのを強行突破した男が、中まで踏み込んできた。

「坂城《さかき》……さん？」

浬の目に飛び込んできたのは、髪もスーツも濡れ、足下《あしもと》に至っては泥《どろ》だらけという出で立ちの坂城だった。

「浬！」

思わず立ち上がった浬を見て、坂城はそのまま中に入ってくる。

知り合いを探しに来たと分かってか坂城の勢いに押されてか、町役場の人ももう坂城を止めなかった。

「あ、あの？　坂城さん？」

「怪我は？　入院してなくていいのか？」

浬は自分を抱きしめようとする坂城を、両手で力一杯突っぱねる。

さっきの大声で浬達は注目の的《まと》だったけれど、坂城は周りの目など一切構わず、浬の頰を両手で包んで上向かせると正面から見つめてくる。

「は？　え？　入院？　何で？」

「どこも、怪我をしてないのか？　それにしたって検査くらい受けた方が……」

「け、検査？　あの、何の話なんです？」

坂城の濡れた髪から水滴が零《こぼ》れて、浬の顔に掛かる。触れる手のひらも雨に濡れて冷たく冷え切っていた。

冷たさも触れられている感覚も分かるが、現実感がない。

なぜこの人がこんな姿でここにいるのか、浬にはさっぱり理解できなかった。

走ってきたのか、肩で息をしている。こんな坂城は見たことがない。本当に坂城なのだろうか、と不思議な物を見る気持ちで見つめてしまう。

そもそも、坂城がどうやってここまで来たのかが分からない。

国道は高波で昼過ぎから通行止めになっているし、抜け道の山道も倒木《とうぼく》で車は通れなくなっていると聞いたが、まさか歩いてきたのだろうか。

「どうやってここまで？」

隙あらば、浬を抱きしめようと腕に力を込めてくる。そんな坂城をまずは落ち着かせ、自分も落ち着こうと濡れたままの坂城の髪を、手元にあったタオルで拭《ふ》きながら訊《たず》ねる。

「山の方の道を途中まで車で来たんだが、倒れた木に遮《さえぎ》られてそこからは歩いた」

浬の無事を知った安堵《あんど》と髪をなぶられる心地よさからか、目を細めながら坂城は予想通りの答えを返してきた。

「歩いたって……こんな、土砂降りの中……あの山道を？」

山道は道幅が狭くほとんど街灯もなくて、おまけに曲がりくねっている。普通に車で走るのも気をつけなければならないほどの道だ。

吹き殴りの暴風雨の中では視界も足下も悪く、歩くとなると相当に危険だっただろう。

「何て危ない真似《まね》をするんです！　こんな台風の最中に、よく知りもしない道を歩くなんて」

あまりに無謀《むぼう》な行為に心配を通り越して怒りすら湧《わ》いてくる。感情が高ぶり涙目になる浬とは裏腹に、坂城は大丈夫だといつもの不敵な笑顔を見せる。

「国道で止められているときに、こっちに住んでいる親戚の家が気になるから見に行くという人に会って、一緒に連れてきてもらったんだ」

「何でそこまでして……」

「君が生《い》き埋《う》めになったからだろう！」

「え？　ええっ？　生き埋めって？」

そんな事態に陥《おちい》った覚えはない。浬は何の冗談かと訝《いぶか》ったが、坂城は大まじめだった。真剣に心配してくれている眼差《まなざ》しと、浬の腕を痛いくらいに摑んでくる様子から、ふざけているのではないと分かる。

けれど何故そんな誤解が生まれたのかは、さっぱり分からない。

「浬の家が土砂崩《どしゃくず》れで埋《う》まって、行方不明とニュースで知って。このまま……謝れないまま、二度と会えなくなったら一生後悔すると思ったから――」

「土砂崩れって、あんたそりゃ高木《たかぎ》さんの家のことじゃないかね」

話に突然割り込まれて、坂城だけを見つめていた浬は自分達が公民館中の視線を集めているのを思い出した。

浬と坂城の周りにはすっかり人だかりが出来ており、みんな口々に知っている情報を話し出す。

「ああ、山の神社の方の。あそこの裏山は前から危ないって言うとったんよ」

「ちょっと土砂が入ってきた程度じゃって聞いたけど、誰か怪我したんかね？」

「誰も怪我なんかしとらんよ。埋まったのは離れじゃがね。母屋《おもや》は無事じゃ」

小さな町では、あっという間に情報が集まる。その話に、坂城は目を見開き、脱力して肩を落とす。

「タカギ？　……ウツギじゃなくて、高木？　そんな……「ギ」しか合ってないじゃないか！」

「僕に言われても知りませんよ。大体、僕が埋まったなんて話、どこから出てきたんです？」

「崖下《がけした》の家が土砂崩れで埋まって、一人暮らしの二十代の男性が行方不明だとニュースで……それで浬に何度電話しても繋《つな》がらないから……」

そう言われて、浬はまた携帯電話の電源を切りっぱなしだったと気付いた。電源を入れていれば、またあのピンク色のライトが見られたのかと思うと惜《お》しい気がする。

「でも、それだけでどうして被害者が僕だと思ったんです？」

「浬の家は崖の下だったし……」

「それはそうですけど、それだけで？　って、あれ？　え？　坂城さん、何で僕の家を知ってるんですか？」

浬の家は、確かに切り立った崖の下にある。ネットの地図などで写真が見られるのかとも思ったが、坂城に今の住所を教えたことなどなかった。

「てめーっ、こら！　うちの浬に何してやがる！　離れろ！　大丈夫か？　浬！」

入り口からの怒鳴《どな》り声に、その場にいた全員がそちらを向く。そんな視線を物ともせず、ずぶ濡れのカッパを着た真吾が小走りに浬達の方にやってくる。

「君こそ誰だ」

突然現れた怒り狂った青年に怯《ひる》むこともなく、坂城は毅然《きぜん》と誰何《すいか》した。

しかし真吾の方も自分より体格のいい坂城に、怯むことなく真っ正面から食ってかかる。

「いーから放せ！　こら！　うちのもんに手出ししやがったら承知しねぇぞ！」

「や、ちょっ、ちょっと待って！」

不意を突かれた隙に、浬はしっかりと坂城の腕の中に抱き込まれていた。

それをむきになって引きはがしに掛かる真吾と坂城の間に挟まれた浬は、何とか手を振って二人を止める。

「あの、違うんだ。っていうか、何？　真吾まで……」

めまぐるしい展開に、状況がさっぱりつかめない浬の頭は混乱するばかりだ。

とにかく自分も二人も落ち着かせようと、坂城と真吾の間に浬が立って話を聞くことにした。

「何があったんだよ、真吾」

「お袋が……お袋から詐欺師《さぎし》が来たって電話が！　そいつが浬にいちゃもんつけてるって」

昼間に聞いた詐欺の話が、どうして今ここで出てくるのか。戸惑った浬は、真吾と坂城にキョロキョロと忙《せわ》しなく視線を移す。

「え？　あ、もしかして、坂城さんがその訪問販売の人だと？」

「訪問……販売？　俺が？」

「いえ、あの、違うんです！　先週ここに来たスーツ姿の人がですね……あれ？　その人って、まさか……」

絹子が先週に見たという、スーツの男が坂城だったということだろうか。

浬はいつからここに来ていたのか訝って坂城を見つめたが、坂城の方も何のことだと浬を見つめる。

「何だ、浬。こいつ知ってんのか?」

何やら顔見知りらしい様子に、真吾の態度が少しやわらぐ。しかし、浬の腕を摑んで放そうとしない坂城に、警戒心は露《あら》わにしたままだ。

「この人は訪問販売の人じゃないよ。僕の工場の取引先だった会社の人だよ」

「あらー? あんた、詐欺の人じゃなかったんかね! あらーっ、浬ちゃんのお友達だったとー?」

入り口の扉の陰に隠れて中を覗き込んでいた絹子が、素《す》っ頓狂《とんきょう》な声を上げた。その手には武器のつもりか、ビニール傘《がさ》が握りしめられている。

どうも浬が詐欺師に絡《から》まれていると勘違いして、真吾に助けを求めたらしい。

さっきの坂城の鬼気迫《ききせま》る勢いでは暴漢と思われるのも無理はなかったし、何より浬を助けようと善意でしてくれたこと。絹子には感謝こそすれ、怒ることなど出来ない。

大騒ぎになってしまった避難所の中で、各自が持ち寄った情報を合わせてみると、こんな話だった——

土砂崩れで埋まったのは、山沿いの高木家の離れ。

行方不明の二十代男性というのはその離れで暮らしていた高木家の次男で、友人宅に遊びに行っていたが携帯電話を忘れていたため連絡がつかなかっただけ。

後から訂正のニュースは入ったそうだが、徒歩で移動していた坂城には知るすべもなく、勘違いしたままでも仕方がなかった。

そして坂城は先週と、それ以前にもこの町を訪《おとず》れていて、絹子に目撃されていたことも確認できた。

坂城は、浬から美味《うま》い魚が捕《と》れるいい港町だと聞いていたので、仕事帰りにドライブがてら立ち寄ったと絹子に説明していたが、浬は坂城にこの町の話をした覚えなどない。

何故ここへ来ていたのか気になったが、周りに人がいる間は訊けない。特に真吾に聞かれると、また話がややこしくなるのは確実だ。

一通りの話を聞いて納得した真吾が漁港に戻るまで、訊ねるのは我慢した。

しかし真吾が立ち去っても、周りの人垣は解散してくれない。

台風の中を友人の身を案じてやって来た坂城は、人情話が大好きで男前に目がないおばさん達に絶大なる好意を持って迎え入れられた。

濡れた服を着替えさせ、夕飯どころか昼も食べていないという坂城に、豚汁《とんじる》とおにぎりの食事を振《ふ》る舞《ま》う。その間中、どこから来ただの浬とどういう知り合いかだの、根掘《ねほ》り葉掘《はほ》りとほじくられる。

詐欺師扱《あつか》いしたお詫《わ》びのつもりか、ずっと歩き通しで疲れただろうからとの絹子の取りなしで、質問攻めはようやく治《おさ》まった。

今はみな台風情報を流し続けるテレビを見るか、ごろりと横になって休み始めている。

台風はずいぶん遠ざかったようで屋根を打つ雨の音は小さく、吹き付ける風の音もほとんど感じなくなっていた。

落ち着いた雰囲気の中、浬と坂城もみんなとは少し離れた壁際の隅に並んで座る。

公民館の中は蒸し暑かったが、何となくタオルケットを羽織《はお》ってしまう。

浬は自分のすぐ隣、というより同じタオルケットを被《かぶ》っている坂城を横目で盗み見た。

借り物の白いTシャツに、丈《たけ》の足りないジャージを着て居心地悪そうにしている坂城は、何だか可愛らしく感じる。

坂城はタオルで拭《ふ》いて乾かしただけの乱れた髪で、決まり悪そうに自分に向けられる浬の笑顔から目をそらす。

今まで見たことのないラフな姿の坂城を黙って見ていたい気分だったが、坂城は背筋を伸ばして浬の方に向き直り、口を開いた。

「浬……君のことを誤解していて、本当に悪かった」

「誤解って……僕が仕事の為なら誰とでも寝る、と思っていたことですか？」

誤解だと分かってくれたのは嬉しいが、何故今頃になって謝りに来たのか。喜びよりも戸惑いに心が揺れる浬に、坂城は再び悪かったとくり返す。

話も聞いてくれない浬に、どう接していいのか分からず、浬の家の周りをうろついて機会を窺《うかが》っていたという。

最高のタイミングを見計《みはか》らっていたのに、こんな格好《かっこう》でみっともない、と乱れた髪を大きな手で撫でつける。

坂城の困った表情とその仕草に、今でもやっぱり見とれてしまう。

「浬の気持ちが落ち着いたら、謝りに行こうと思っていた。――でも、それは建前《たてまえ》で、本当は拒絶されることが怖かったんだろうな。弱い自分のせいで、浬を悲しませたままにしていた」

自分の弱さを認めて肩を落として嘆息《たんそく》する、こんな自信なさげな坂城は初めてだ。初めてづくしの状況に、浬は何も言えずにただ坂城を見つめていた。

「だがニュースを見て、謝れないまま二度と浬に会えなくなったらと思ったら、身一つで車に飛び乗っていた。いろいろ謝るための準備をしてきたのに……結局このざまとは……」

「……それで僕の家の近くまで来てたのに、何も言わずに帰ったりしていたんですか」

息を詰めて話を聞いていたが、ようやく事態が飲み込めた浬は深く息を吐いた。

「分かってくれていたのなら、それでよかったのに。ただ、そう言ってくれれば、それだけで」

「許して……くれるのか？」

上目遣いで浬の顔を窺う坂城がいじらしく思えて、浬は安心させるようにそっと微笑む。

「許します。けど……すぐに来てくれた方が嬉しかったな」

謝ることに何の準備が必要なのか。むくれる浬に坂城はそうはいかないと否定する。

「あれだけひどいことを言って、謝るだけで済むはずがないだろ」

「謝る以外に何をするつもりだったんです？」

それはまだ準備不足だから秘密だと坂城は頑《かたく》なに答えず、話を逸《そ》らそうとしてか別の話題を持ち出す。

「ところで、真吾というのは……その、浬の従兄弟《いとこ》か何かか？」

「え？　真吾？」

「浬のことを「うちの浬」と呼んだだろう」

あれが「俺の浬」だったら許さなかったが、と続けた坂城の言葉は冗談じみていたが目が本気のようで、ドキンと胸の鼓動が跳ね上がる。

それに気付かれないよう、努《つと》めて何でもない振りで通す。

「彼は幼なじみなんです。小学校でずっと同じクラスだったし、今もご飯とか彼の家でごちそうになったりしてるんで……だから、まあ家族みたいなものかも」

「ずいぶんと、仲が良さそうだったな」

関係を探るような口調だが、山寺《やまでら》とのことを邪推《じゃすい》したときのような鋭《するど》さはなく、それは嫉妬というよりうらやましそうな響きを帯《お》びている。

「坂城さんには、幼なじみっていないんですか？」

「俺には、会いたいと思うような子供時代の友人などいない」

坂城は確かにわがままで扱いにくい所もあるが、決して嫌な男ではない。それなのに何故？と首をかしげる浬から、坂城は目をそらして話し始めた。

「子供の頃、家に遊びに来る奴はみんな俺のゲームやＤＶＤを目当てに来ていた。中学になって街へ遊びに行くようになると、俺は財布目当てに誘われるようになった」

子供同士のことといっても、お金が関わること。親が間に入っても不思議はない。むしろ、大人が気付いて注意する問題だと思えた。

「そんなの、坂城さんのお家の方は何も言わなかったんですか？」

「父は仕事人間で家庭にはほとんど関わらなかったし、母は深窓《しんそう》のお嬢様で世間知らずでね。俺は公立に入れられたが、二人いる兄は両方それなりにいい家の子が通う私立学校に行って、そういった輩《やから》とは縁がなかったから……そんな奴が存在することすら理解できなかったらしい」

息子が三人もいれば、一人ぐらい公立に入れてみるのもいいだろう程度の感覚だったからと肩をすくめる坂城に、浬は言葉を失う。

「あの人達に悪気はないんだ」

諦《あきら》め気味で両親をかばう坂城に、お金持ちにはお金持ちの、下々《しもじも》には想像もつかない苦労があるのだろうと納得するしかなかった。

「高校は進学校だったんで遊びに行く暇なんてなかったし、大学では妙に馴《な》れ馴《な》れしい女にまとわりつかれて……みんなご機嫌を取って、俺を利用しようとした。でも、それはそれでよかったさ。誰も俺に逆らわなくて、気分がよかったはずなのに……なぜだろうな。その頃に付き合いがあった連中と、また会いたいとは全く思わないんだ」

坂城の表情は気分がよかったとの言葉とは裏腹に、唇の端を上げて無理矢理作った笑顔だった。

それが辛《つら》かったと認めることは、プライドが許さないのだろう。

だから浬も慰《なぐさ》めの言葉も掛けられず、ただ黙って坂城に寄り添っていた。

返事も何もないが、それでも話を聞いてくれている浬に坂城は淡々と話し続ける。

「社会人になっても、俺の周りには金や肩書き——俺自身とは無関係な物を目当ての奴しか寄りつかないと思い知った」

自分は違う。そう伝えたいけれど、ここまで疑り深くなってしまった坂城にどう言えば、どうすれば信じて貰えるか。必死に考えて言葉にする。

「僕は確かに、ずっとあなたを見ていました。でもそれは、仕事目当てなんかじゃなかった。僕の目当ては、あなただった。あなたに近づきたかった理由は……ただ、あなたの側《そば》にいたかったから」

このことは、本当は誤解されていたと気付いたあの日に言うべきことだった。でも、あの時はこんな風に落ち着いて話せる精神状態ではなかった。

今こうして、伝えられる機会を得られたことが嬉しい。

「俺は……君も仕事のために俺と寝たと思っていた。だけど、それでも……それでもいいから、側にいて欲しかった。こんな風に思ったのは初めてだったから、どうすればいいのか分からなくて……。君に怒鳴られるまで、本当の君を理解できていなかったんだ」

それで仕事を斡旋《あっせん》しようとしたり手伝ったりしてくれていたのか、と不器用な坂城と鈍い自分の両方に呆れてしまう。

二人とも望んでいたことは同じなのに、どうしてこんなにすれ違ってしまったのか。

自分が上手《うま》く説明できなかったせいだ、と落ち込む浬に坂城は、それは違うと否定する。

「あんな誤解をされれば誰だって混乱して、怒って当然だった。恥ずかしがり屋で可愛い君が放っておけなくて、守りたいと思っていたのに。君も……他の奴らと同じだろうと勝手に思い込んで、俺が一番君を傷つけた」

「……他の奴、って?」

それは誰のことだろう。

きっと色恋沙汰《ざた》な関係に違いないと勘が働き、見も知らぬ相手に嫉妬心を抱《いだ》いてしまう。そんな自分に驚く。

坂城ほどの男なら、過去に何人も恋人が居て当然だ。今までの浬なら、きっと素敵な人だったに違いない、と自分と比べて落ち込んでいただろう。

けれど今は、負けたくないと思えた。

どんな人だったのか訊きたがる浬に、坂城は決まり悪そうにだが話し出す。

「以前に、取引先の営業としてうちに出入りしていた男性と恋仲になった、と思ってた」

「……その彼とも……あの倉庫、で?」

過去のことだと割り切ろうとしても、なかなかそうはいかない。あの大事な場所の思い出が色あせるような気がして、眉間《みけん》に深々と皺《しわ》を刻《きざ》んでしまう。

「いや！　違う。彼とは仕事が終わってから、外で会っていた。あの頃は、その、彼のことは……恋人だと思っていたから。でも、昔のことだし、実際は……違ったんだ」

複雑な気分で訊ねる浬の心情を思ってか、坂城は必死に言いつくろう。その狼狽《ろうばい》っぷりが面白くないわけでもなかったので、何とか嫉妬心を押さえつける。

「年上だったが、甘え上手な可愛い人で……頼られるうちに彼の力になりたくて、無理を通して彼の会社と契約をした。それで……それきりさ」

坂城はため息と共に何か苦《にが》いものでも吐き出すように眉を顰《ひそ》め、自嘲《じちょう》気味に笑う。

「うちで大口の契約が取れて、どこかの支店長に抜擢《ばってき》されたと感謝されたよ。……自分だけが本気だったなんて、みっともないことは言えなくて……去って行く彼を笑顔で見送った」

それから坂城は、誰も信じないことでプライドを守るようになったのだろう。

子供の頃から利用され続け、そんな目にまであったなら、あらゆる人を疑って掛かるようになっても仕方がないと思えた。

坂城にとっては辛くて屈辱《くつじょく》的なことだっただろうに、それでも話してくれたのが嬉しい。

坂城を思い切り抱きしめたくなったけれど、場所が悪い。浬は周囲の目をはばかり、眠くて寄りかかる振りで坂城の肩に頭をすり寄せた。

「……浬？」

「こんな風に……こんなに、話したのって初めてですよね」

浬も坂城も、お互いに思ったことをこんな素直に伝え合ったことは一度もなかった。会社の中でだけとはいえ何度も会って、愛し合ったつもりでいたが、それは身体だけのこと。

これでは仕事目当てに近づいてきたと誤解されても仕方がない、と今なら思える。

「ただ、男性に興味を持ってしまう気持ちを分かってくれて、優しくしてくれた……もちろん見た目も素敵で。そんなところが好きだったんですけど」

「好き、だった……」

過去形になっている浬の言葉に、坂城の表情が愕然《がくぜん》とした物になる。

「ほら。そんな顔をする人だって、全然知らなかった。何も知らなかった」

坂城は前からこんなに分かりやすく考えていることが顔に出る人だったのか、それとも隠すことが出来なくなっているのか。

浬にはその判断が付かなかった。

これまでは、恋に恋をしていただけだったのだろう。

でも、今は違う。

「知りたいです。あなたが……あなたと、恋をしてみたい」

「浬……それは、俺だって。俺の方こそ。浬が知りたい。もっと、ずっと一緒にいたい」

見つめ合ううち、浬は坂城の頬にそっと触れてみた。

「殴って……すみませんでした」

「殴ったって？」

「休憩所で……ペットボトルで殴りました」

表情を曇《くも》らせる浬に、坂城はあの程度のこと何でもないと笑い飛ばす。

「あんなもの、殴った内に入らない。それに、こんな俺を好きになってくれた君を信じなかったんだから、あの時は殴られても仕方がなかった。あんなペットボトルじゃなくて、グーで殴ればよかったのに」

「そんな！　それに……口汚いことも言っちゃって。本当にすみませんでした」

「ああ、あれは格好良かったな」

「格好いいって……僕は真剣に謝ってるんですよ」

「あの時の浬は格好良かった。惚れ直したよ」

憤慨《ふんがい》する浬に、坂城はその時のことを思い返しているのか、うっとりとした表情で呟く。

殴られたことを悦《よろこ》んでいるらしい坂城に、浬は怒りを忘れてまじまじと坂城を見つめた。

「坂城さん？　……坂城さんってば、マゾだったんですか」

「浬。俺は真面目に告白してるんだが？」

不毛《ふもう》な言い合いの末に、二人して見つめ合ってしまう。

浬はからかわれていると感じたが、坂城の目はあくまでも真面目だ。

「浬があんな風に怒ったのを見たのは初めてで、どうすればいいのか分からなくて……あの時は何も出来なかった。でも浬に「クソ野郎」と言われて、すっとしたよ」

「だからそれは、悪かったですってば」

嫌味を言っているのだろうと謝る浬に、坂城はゆっくりと首を横に振った。

「俺は本当に、クソ野郎だったんだよ。今になって思うと、俺の周りにろくな奴が居着かなかったのは、俺がろくな奴じゃなかったからだ。俺は幼い頃からちやほやされてわがまま放題で、だからまともな奴は俺に近づかなかっただけなんだ」

「そんなこと……子供なら誰だってちやほや甘やかされるのが好きでしょ？」

褒《ほ》められる喜びで成長していくのが子供だと思っている浬は、坂城の意見を否定する。

だが、次元は浬の想像をかなり越えているらしい。

「俺は金持ちの三男坊で、乳母《ばあ》やと姉やがいたんだぞ。どれだけ甘やかされたか想像してみろ」

「……なんだか、それは……すごく甘やかされてそう。で、でも今はそれほどわがままじゃないですよ」

「それほど、か」

「それほどって言うか、まあ、それなりに」

怒られるかと思いつつも正直に応えた浬に、坂城は怒るどころか肩を震わせて笑い出した。

「本当に、浬だけだ。俺のことをクソ野郎と言ったのも、本当のことを言ってくれるのも。裸の王様が裸だと、言ってくれたのは浬だけだ。だから、浬が好きなんだ」

初めて坂城の口から「好き」だと聞いた。

今すぐ抱きついて自分もだと叫びたいけれど、ここは公《おおやけ》の場だと心の中でくり返して気持ちを落ち着ける。

「じゃあ、これからは坂城さんには何でも言っちゃいますからね。殴るのはなしで」

「ああ。殴るのは遠慮して欲しいな。浬の手が心配だから」

自分を殴った浬の方が、ずっと傷ついたと分かっているのだろう。坂城は、タオルケットの下でそっと浬の手を握《にぎ》る。

「殴ってすみませんでした」

「殴りたくなるようなことを言って、悪かった」

真面目に謝って頭を下げる浬に、坂城も真面目くさって頭を下げる。そして、顔を上げると同時に二人して笑い合った。

すっかりくつろいだ気分になった二人は、声を潜める振りで額《ひたい》が付きそうなほど顔を寄せ、ぼそぼそと何ということもない話をした。

「豚汁とおにぎり、美味《おい》しかったでしょ？　あれ作るの僕も手伝ったんですよ」

「浬が？　だったらもっと味わって食えばよかった」

「そんな大げさな。それに、野菜や鍋を運ぶのを手伝っただけですから」

ひどく残念そうに言われ、否定しつつも嬉しくなる。

「調理はしてない？　浬は料理をしないのか？」

「いえ。小学生の頃から母に仕込まれて、炊事《すいじ》洗濯、一通り出来ますよ」

「しっかりしたお母さんだったんだな」

「というか、父のために覚えました。工場を始めたばかりの頃は経営が苦しくて、かさんだ借金の累《るい》が及ばないよう父は母と離婚したんです。それで父だけ工場に残して僕は母や妹と一緒にこの町に来たんだけど、やっぱり父が心配で。だから、母に家事を教えて貰って僕だけ父の世話をしに戻ったんです」

家族の話など、これまでほとんどしたことがなかった。話しながら、こんな話はつまらないのではと何度も坂城の様子を盗み見たが、坂城はじっと聞き入ってくれている。

その穏やかな表情が嬉しい。

「浬は仕事が好きというより、お父さんのことが好きだったんだな」

「……そうですね。仕事ももちろんやりがいがあって好きだったけど……父のようになりたいって気持ちが強かったのかも」

浬の父は真面目で自分には厳しく、他人には優しい人だった。工場の従業員達にも慕《した》われ、取引先からは信頼されていた。

だから浬もそんな風になりたいと、自分の経験不足も考えず強がって意地を張り、あえなく撃沈《げきちん》してしまったのだ。

「浬は仕事熱心だから……だから、仕事のためなら何でもするのかと、誤解していた」

これまでのことを反省してか俯《うつむ》く坂城を、もう責める気になれなかった。お互いのことを知らなかったせいで生じた誤解だったのだから、これからゆっくり知り合えばいい。

過去は変えられないが、未来はこれから作れる。今は過去を反省材料にして、未来のための努力をしたかった。

「ちゃんと会社の外でも会いたいって、僕の方から言えばよかった。いつでも何でも坂城さん任せで、自分の気持ちをちゃんと伝えなかった。だから、誤解されても仕方がなかったです」

「俺は、浬に側にいて欲しくて、でもどうすればいいのか分からなくて……仕事か、金で引き留めるしか思いつかなかったんだ」

「一緒にいる方法なんて、いくらでもあるでしょう？　会社で会えなくなっても一緒に食事に行くとか……どこかにこっそり花見に行くだけでもよかったのに」

そんなこと考えもしなかったと目を見開く坂城に、浬は苦笑いを返す。

「僕にお金なんて掛けてくれなくていいんです。ただ、口で言ってくれれば。気持ちを伝えてくれれば……それで」

「口でか……いいな」

「……今の、ちょっと意味が違っちゃってません？」

何とか気持ちを伝えようと四苦八苦《しくはっく》しているときに茶化《ちゃか》すようなことを言われてむっとする浬をよそに、坂城は浬の耳元に唇を寄せてささやいてくる。

「浬が食べたい」

「さっき豚汁とおにぎり食べたでしょ」

きっと自分の顔は真っ赤になっているだろう。周りの目が気になったが、ここが蒸し暑くてのぼせたせい、と思ってくれるように祈る。

こんな風にふざけてくる坂城は、今まで見たことがなかった。坂城の乱れた前髪が首筋に触れて、くすぐったいのも気持ちいい。

まるでドラマや映画で見て憧《あこが》れた恋人同士のじゃれ合いのようで、胸が高鳴る。

ずっと、こんな何でもないやり取りを好きな人と交わすことが出来たら、と夢見ていた。嬉しすぎて、これは夢ではないかとほっぺたをつねりたくなる。

幸せを噛みしめる浬の顔を見つめながら、坂城はタオルケットの下でもぞもぞと浬の太ももに触ってくる。

嬉しいけれどここでは駄目だと軽く睨《にら》んでも、悪戯《いたずら》っぽく笑って触り続ける坂城の手を、窘《たしな》めるように追い払う。

その指に、坂城が指を絡《から》めてくる。

しっとりと汗ばんでいる手のひら。それは暑さのせいではなく、緊張からだと分かった。

坂城も、こんな悪ふざけをする自分をさらけ出したことなどなかったのだろう。戸惑いの滲《にじ》む瞳が、浬の顔を窺っている。

浬はそれに応えるように見つめながら、互いに指を絡めて探り合う。

初めて手を繋いだ恋人同士の、とまどいと喜びと期待——すべてが綯《な》い交《ま》ぜになった気持ちごと握りしめた。

「浬……」

「ここは公民館なんですよ」

「ああ」

「人目がありまくるんです」

「……ああ、うん」

「でも……二人きりになれる場所が無いわけじゃないんですよ」

「…………ん」

「人をその気にさせるだけさせといて、寝るのはやめて貰えませんか」

苦情を申し立てる、浬の口元が緩《ゆる》む。

坂城は、子供みたいに返事をしながら眠りの中に引き込まれていった。

台風の中、真っ暗な山中を踏破《とうは》してきたのだ。疲れていないわけがない。自信家の瞳は閉じられ、軽い吐息のような寝息を立てる口元と相まって幼さすら感じさせる。

「お休みなさい」

浬は絡めた坂城の指を握りしめたまま、初めて見る寝顔に向かって微笑む。

坂城と一緒に眠りたい――一度は諦めた夢が叶う喜びに、幸せが胸にいっぱい詰まって苦しいくらいで、眠れる気がしない。

それでも浬は、坂城の広い肩に頭を預けて目を閉じた。


眠れる気がしない、なんて思っていたのが嘘のように熟睡してしまった翌日。台風一過《いっか》の澄み切った青空の下で、浬《かいり》と坂城《さかき》は台風の後片付けに追われていた。

坂城も避難所で過ごした一宿一飯《いっしゅくいっぱん》の恩義を返したい、と手伝いを申し出たのだ。

高潮による浸水《しんすい》被害は少なかったが、それでも打ち上げられたブイや、風に飛ばされたトタンなどが道に散らばっている。

することは山ほどあるので、助《すけ》っ人《と》が居てくれるのはありがたかった。

食事は真吾《しんご》の家に呼ばれ、船が出せなかったせいで新鮮な海の幸《さち》こそなかったが、干物《ひもの》や煮付けなど手間と愛情のこもった家庭料理を満喫《まんきつ》した。

そうして一日中働いた浬と坂城が、浬の家に帰り着いたのは夜になってから。

力仕事ばかりで疲れていたが、それをほぐす最高のご褒美《ほうび》を貰《もら》った浬は上機嫌だった。

「やっぱり温泉は暖まりますね。まだ身体の芯《しん》がほこほこしてる」

「温泉？　あれは温水プールじゃなかったか？」

「それは……謝ったでしょう」

「いや、いい物を見させて貰ったと喜んでるよ」

そう言うと坂城はまた思い出し笑いを浮かべ、浬はばつが悪そうにそんな坂城を上目遣いで睨《にら》む。

浬と坂城、それに漁港の片付けを終えた真吾が合流し、大衆温泉施設の前の道の土嚢《どのう》を撤去《てっきょ》していると、労《ねぎら》いに温泉に入って行けと施設の人から誘われたのだ。

まだ停電している世帯もあるため、今日は無料で温泉を開放していると聞かされ、せっかくなので作業が終わってから汗を流させて貰うことにした。

そこで、貸し切り状態だったのをいいことに、浬と真吾はつい童心《どうしん》に返って広い湯船で泳ぎ、調子に乗って背泳ぎまでやってしまった。

途中で坂城がいることを思い出して坂城の方を見ると、坂城は湯船の縁《ふち》に突っ伏して笑っていた。

今思い出しても、顔から火が出そうな程に恥ずかしい。浬は坂城の前から逃げるように布団の用意をしに行った。

「今日は疲れたでしょう？　こんな布団しかありませんけど、ゆっくり休んで下さいね」

長く使っていなかったが、昼の間に干しておいた布団を敷いた座敷に坂城を案内する。

「布団は一組しかないのか」

「え？　い、いえ……僕の部屋は二階だから……」

「浬……まだ、怒ってるのか？」

「怒ってなんか……ただ」

「ただ？」

それならどうして一緒に寝てくれないのかと、見つめてくる坂城から浬は目をそらす。

「疲れてるだろうから、ゆっくり休んで欲しくて」

浬とて一緒にいたいという気はありすぎるほどあったが、坂城は散々《さんざん》身体を酷使《こくし》した後。昨日は山道を歩いて公民館で雑魚寝《ざこね》した上に、今日の肉体労働だ。

でも、一緒に寝て何もしないでいられる自信がない。

「浬がいないと安心して眠れない」

そんな大げさなと言いたかったが、言えなかった。坂城の表情が、それほど真剣な物に変わっていたから。

「ニュースを見たとき、息が止まるかと思った」

「坂城さん……」

ニュースというのは、土砂崩《どしゃくず》れの報道のことだろう。その時のことを思い出したのか苦しそうに眉間《みけん》に皺《しわ》を寄せる坂城を、浬は申し訳ない気持ちで見つめる。

そんな浬に気付いて、坂城は慌てた様子で笑顔を作る。

「でも、とんだ誤解で大恥かいたが」

「すみません」

謝る浬の腰に腕を回して抱き寄せ、坂城はその肩に顔を埋《うず》めた。

「坂城さん?」

「誤解で……間違いで、よかった」

避難所ではドタバタしていて、再会を噛《か》みしめる暇もなかった。

やっとこうして二人きりになれたのに、同じ家の一階と二階の距離といえども離れたくないのだろう。

同じ気持ちだった浬も、坂城の布団の上に並んで座る。

「……ところで、真吾は名前で呼ぶのに、俺は坂城さんなのか？」

「駄目、ですか？」

「駄目って事はないが……それでも、やっぱり、名前の方が……」

名前を呼んで欲しがる坂城が可愛くて、ついからかってしまう。

浬は坂城の今まで知らなかった面を見て、今まで知らなかった自分にも気付いたように思えて、微笑みながら坂城に飛びついた。

「隆弥《たかや》さん」

「浬？」

自分の名前を呼んで突然抱きついてきた浬を、坂城は嬉しそうにだが少々の戸惑いを込めた視線で見つめた。その坂城の唇に唇を重ねる。

「本当はずっとこうしたかった。だから、隆弥さんと目を合わせられなかった。僕だけが隆弥さんを好きだなんて、辛《つら》すぎたから」

「浬……」

わだかまりを捨てた今、言葉は素直に出て来る。意地を張ることも我慢することもない。肩の荷をすべて下ろした浬は自由に、好きなように話した。

「ずっとずっと……好きだった。好きだから……あなたに愛されないのが辛かった……」

「湮、俺は……俺だって、湮に何もしてやれない自分が、湮に必要とされなくなりそうで、怖かった」

嫌いになれれば、あそこまで辛くはなかっただろう。あの頃を思い出すだけで泣きそうになる。

今にも零《こぼ》れそうな涙を唇を嚙んで堪《こら》える湮の唇を、坂城はそっと口付けてほどいた。堰《せき》を失ってぼろぼろ零れる湮の涙を、舌ですくい取るように舐《な》める。

「僕……人前で泣くなんて、て……みっともないから……」

泣き顔を見られるのを恥ずかしがって背《そむ》けようとする湮の顔を、坂城は手のひらで包み込んで自分の方を向かせた。

「みっともなくなんかない。湮は、全部自分の中にため込んで、何でも自分で何とかしようとし過ぎるんだ。もっと俺を頼ってくれ。頼りないかもしれないが、湮のために出来ることなら何でもするから」

「何でもなんて……そんなこと。自分で出来ることは自分で……」

「また。そうやってすぐ強がる。そういう態度だから、俺は湮に何をしてやればいいのか分からなくなるんだ」

無理な強がりで自《みずか》らを追い詰めてしまう性格だと、もう自覚できていることだが、今更ながら耳が痛い。

落ち込む浬を坂城は改めて抱きしめる。

「だから放っておけない。だから浬が好きなんだ。……愛してる」

「隆弥さん」

触れ合うと何故離れていられたのか、それが不思議なほどだった。

隙間のないほどに抱き合わなければ安心できない。それほど強く抱きしめ合い、唇も合わせて互いを貪《むさぼ》った。

息が上がるほど激しい口付けの後、浬は坂城を布団の上に押し倒して組み敷く。

「あ、おい、浬?」

もう我慢なんかしない。そう決めた浬は膝《ひざ》を突き、上半身を起こしただけの坂城の足の間に割り入り股間《こかん》に顔を埋めた。

「ちょ、ちょっと待て、浬」

「いや」

浬は短く答えてズボンの前を広げるのももどかしいようにその上から何度もキスをし、柔らかく指を這《は》わす。散々焦《じ》らしてから下着の中から自由にしてやると、熱く熱を持ったそれは天井に向かって勃《た》ち上《あ》がる。

その反応が嬉しくて、浬はためらうことなく口に含んだ。

「浬……今日は……すごいな」

されるがままになっていた坂城の、快楽に息を弾ませた声が耳に届く。それだけで肌が粟立《あわだ》つほどの快感が全身に走る。

すでに膨《ふく》らみきった亀頭《きとう》に丸く舌を這わせ、カリの部分は唇で愛撫する。

浬は太い茎《くき》に手を添えて浅く扱《しご》きながら、視線を上げて坂城の表情を窺《うかが》う。

口でしたことは今までに何度かあったが、自分から進んでしたのはこれが初めてだったし、今の坂城がこれを望んでいるのかが不安でもあった。

だが、浬の視線の意図を察した坂城は嬉しそうに目を細め、続きを催促《さいそく》するように浬の髪を優しく撫でる。

来てくれたこと、心配してくれたこと。それらのすべてが嬉しくて、その気持ちを込めて丹《たん》念《ねん》に舌を這わせ音を立てて吸い上げる。

自分が立てる濡れた音が、淫《みだ》らに響いて耳朶《じだ》を犯《おか》す。浬は自分で自分を追い詰めている錯覚《さっかく》に捕らわれるほど興奮した。

「浬……」

「やっ、だ」

浬の髪を撫でていた手に軽く力を込めて引きはがそうとする坂城に気付いて、浬はむきになって自分が昂《たか》めた物に食らいつく。

「やめなくていい。ただ、そこ……窮屈《きゅうくつ》だろ」

坂城の視線に、自分のズボンの中の事情を指摘され今更ながらに赤面する。

ズボンの前は張り詰め、もう先走りの滴《しずく》で下着も濡らしてしまっているだろう。

まだ触れられてもいないのにそこまでになっていることが恥ずかしくて、どうしようか悩んだ隙を突かれ、坂城の上に被《かぶ》さるように引きずり上げられた。

「じ、自分で脱ぐから」

脱ぐだけ脱いだらさっさと行為に戻ろうと、身体を起こしてシャツを脱ぎに掛かる浬のズボンに、坂城が手を伸ばしてくる。

「あっ、だから、自分で……」

「焦らさないでくれ」

余裕のない声がズキンと股間に響いて、ますますズボンの中はひどいことになっていく。浬はもう隠すのは諦め、坂城が脱がせやすいように自分から腰を突き出した。

下着ごとズボンをはぎ取られシャツも脱ぎ捨て全裸になると、再び坂城への奉仕に戻ろうとした浬の肩を坂城が掴んだ。

「俺もする」

「えっ……と？」

「浬が上で、俺に跨《また》がって」

「え？　あっ……そ、それは」

「こうだよ」

「いや、分かるけどっ」

浬の肩を押して逆向けにさせようとする坂城を、身をよじって止める。坂城が何をしようとしているのか、やったことはないが分かった。だが、その格好《かっこう》はあまりにも恥ずかしい。

しかし落ちた体重が戻りきっていない上に、このところだらだらと過ごしていて筋力の落ちていた浬は、難《なん》なく坂城の身体の上で逆さまにされる。

「や、いやだっ！　こんな格好……見ないでってば！」

「いやだ」

さっきの仕返しとばかりに短く拒否され、浬は大きく足を開いて坂城の顔の上をまたぐ格好で四《よ》つん這《ば》いにされた。

坂城が、下から隠しようのない浬のすべてを眺めている。視線だけで焼け付くように感じて、窄《すぼ》まりを引き締めてしまう。

だが、それも見られている。

「ここ……早く欲しそうだね」

「やっ、あ！　あんっ」

坂城は双丘《そうきゅう》を割るようにしてさらにさらけ出し、おねだりをしているように見えるそこを、親指の腹でゆっくりと押した。

その刺激に思わず腰を落とすと、そのままもう片方の手で引き寄せられ、今度は前を口に含まれる。

舌で上あごに押しつけるように締め付けられながら、一気に奥までくわえ込まれる。熱いくらいの滑《ぬめ》りに包まれて、全体が脈《みゃく》打つように大きくなったのが自分でも分かった。

坂城もそれに気付いたのか、首をひねって角度を変えながら、舌と唇で締め付けたり和《やわ》らげたりしてさらに熱を昂めていく。

窄まりにあてがった指も休むことなくリズミカルに動かし続けて浬を追い詰める。

「あ……はっ……ひっ、んっ、ん」

「はぁ……浬……」

「あ！　あっん、隆弥、さん……」

目を閉じて愛撫に身を任せていた浬は、名前を呼ばれて目を開け、自分のすぐ目の前で所在なげに揺れている大切な物に気付き慌てて口に含んだ。

両手で包み込むようにして必死にしゃぶろうとするが、前も後ろも両方責められていては喘《あえ》ぐだけで精一杯になり、満足に奉仕できない。

「やっ、もう……無理！　そんな……されたら、出来なっ、からぁ……」

坂城は耐えきれずに泣き言を漏らす浬の背中をあやすように撫でながら起こし、布団の上に寝かした。

ようやく普通の体勢になって安堵《あんど》したのもつかの間、坂城は枕を浬の腰の下に当てて位置を上げて大きく足を開かせた。

「え？　やだ！　また……こんな」

さっきと比べて、前から見られるか後ろから見られるか程度の違いしかない恥ずかしい姿に、浬は肘《ひじ》でにじり上がって逃げようとした。けれどしっかりと太ももを捕らわれて、叶わなかった。

「浬の全部が見たい。浬が全部欲しい」

欲張りな坂城は浬の太ももを撫でながら、言葉と快楽で浬の抵抗を奪っていく。奪われる興奮に逆らうすべもない浬は、ただ頷くしかなかった。

枕で持ち上げた浬の股《また》の間に顔を埋めた坂城は、窄まりに舌を這わし指を入れてくる。浅い部分で抜き差しをくり返し、すぐに敏感な部分を探り当てる。

「や！　そ、こ……うっ……」

「ここ？　ここが……何？」

意地を張るつもりはなくただ羞恥《しゅうち》から声を殺す浬に、坂城は意地悪く微笑《ほほえ》んだ。

「あっ……ん、く……そこ、は……や……」

「ここが……気持ちいい？」

素直に言うまで許さないとばかりに、浬が声を上げる部分を押し上げて何度も執拗《しつよう》に撫でる。

浬が何も言わなくても、坂城の指の動きと連動するように張り詰めた性器の先端から滴《しずく》が湧《わ》き上《あ》がってくる。

坂城はそれを音を立てて吸い上げ、そのまま奥までくわえ込み、ここのことも忘れてはいないとばかりに左手で後ろの袋も優しく中の物を転がすみたいに愛撫する。

浬に聞かせるためにわざと大きく音を立てながら前を貪り、後ろに回した指で快楽を探る。

「やっあっ……き、気持ち……い、んっ、あっ、うんっ、ああ！　あっ、う……」

丹念で執拗な愛撫に浬はもう言葉を発することも出来ず、ただ喘ぎながらシーツを摑み坂城の口の中に欲望を放つしかなかった。

「……こんな……ひどい！　今日は僕が、隆弥さんにしたかったのに！」

「ごめん。でも俺は浬が食べたいって昨日ちゃんと言っておいただろ？」

「そんな……そんなの――んっ」

頬を染めながら、自分の方が先に坂城のことを達《い》かせたかったのに。と、どうしようもなく可愛い理由でむくれる浬の唇を、坂城は唇で塞《ふさ》いで黙らせた。

「苦情は後で聞くから、今は……」

「ああっ、う！」

坂城は浬の両足を持ち上げて、先ほどまでの丁寧な愛撫とは裏腹な性急さで、熱く張り詰めた自分の欲望を浬の中に突き立ててきた。

滑《ぬめ》らせて丁寧に指で押し広げたとはいえ、それでも指よりずっと太くてたぎった肉棒《にくぼう》を奥までくわえ込まされるのは苦しい。狭いそこを押し広げられる圧迫感と、内臓がせり上がるような不快感が浬を襲う。

「かい……り……浬っ」

繋がった部分と自分の内側から湧き出す熱が怖いほどで、知らぬ間に涙が浮かぶ。だが涙に滲んだ視界に、自分の名前を愛《いと》しげに呼びながら熱くて荒い息を吐く坂城の姿を見ると、浬は夢中でその背中に腕を回して自分の方に引き寄せた。

苦しくても痛くても、この人を放したくない。それ程に欲しかった人が自分を求めてくれている。

そう思うと、痛みは喜びの前に霞《かす》んで消えた。

深く、浅く何度も抜き差しを繰り返しながら、坂城は肩に担《かつ》いだ浬の足を揺らして浬の中をかき混ぜる。

「あっ、あ……それ、あっ、気持ちいいっ、んんーっ……隆弥さ、ん……んっ」

目眩《めまい》を感じるほどの快感に、浬は坂城の広い背中に必死にしがみつく。そうしなければ、意識だけでなく身体までどこかに飛ばされそうな錯覚に襲われる。怖いほど感じすぎて、何かに縋《すが》らずにいられなかった。

互いの身体の間に挟まれた渭の性器は、もうとろとろに蕩《とろ》けたかと思うほど濡れている。それをさらに手で扱《しご》かれると、喘ぐしかない。

息をする度《たび》に声が漏れる。それに合わせて腰が揺れるのも止められない。濡れた身体がぶつかり合う音も、すべて同じになって二人を高みへと導《みちび》いていく。

「あっ、あ、あっ……も……と、もっと」

「もっと？　……もっと深く？　それとも、速く？」

「……りょ、両方……」

荒い息を弾ませて訊ねる坂城からの質問に、渭が羞恥に頬を染めながらも素直にねだると、坂城は嬉しげに微笑みながら渭の望み通りにしてくれた。


坂城の胸に重なるように身を任せ、胸の鼓動《こどう》とゆったりとした深い息づかいを感じていると、ゆるゆると意識が緩んでいく。

微睡《まどろ》みにも似た心地よさに包まれながら、渭は坂城に向かって顔を上げる。

目が合うと、坂城もとろけてしまえそうなほど優しい笑顔を返してくれた。

「——波の音がよく聞こえるんだな。昼間は気付かなかった」

人々が眠りについても、海だけは眠らない。小さく、だがどこか深いところから湧き上がってくるような波の音は、雑多《ざった》な生活音の消えた夜の静けさを際立《きわだ》たせる。

浬にとっては馴染《なじ》んだ音に、二人で耳を澄ませた。

「子供の頃、眠れないときにはこの波の音を聞いていました。くり返しくり返し、寄せる波の音を聞いていると不思議と穏やかな気分になって、よく眠れた」

浬は今も穏やかな波の音に微睡みに引き込まれそうになる意識を、引き戻すのを楽しんでいた。

このまま坂城と一緒に眠って、目が覚めた時もちゃんと一緒にいる。

そう分かっていても、夢にまで見たこの時から意識すら離れたくなかった。

「でも今は、こっちの方がいい」

坂城の心臓の鼓動をもっと聞いていたくて頬をすり寄せると、その鼓動が早まった気がした。

「隆弥さん？」

「そんな可愛いことをされて、我慢できると思うのか？」

「え？　嘘っ、いえ、もういいってば！」

強く抱きしめられて、自分の鼓動も跳ね上がる。

さっき散々堪能《たんのう》したはずの行為を予感させる言葉と瞳に、心地よい微睡みが吹き飛ばされていく。

頬を押しつけた胸の鼓動に、穏やかさはなくて――それがとても嬉しかった。

あの台風の日から、坂城は週末の度に浬の海辺の家を訪ねて来るようになった。テレビとちゃぶ台しかない殺風景《さっぷうけい》な居間だが、坂城と過ごすここが浬には一番大切な場所になっていた。

だが坂城は浬を、自分のマンションで一緒に暮らそうと誘ってくる。坂城のマンションからここまで片道二時間も掛かるのでは、遠距離恋愛といっていい距離だ。坂城が自分のところに来て欲しいというのも分かる。

でも浬は、せっかく直したテレビがもったいないだのここは魚が美味いだのと、理由を付けてのらりくらりとかわしている。

ここで暮らす決意をしたばかりな上に、坂城のマンションでただ坂城の帰りを待つだけの日々というのも嫌だ。

意地を張っているわけでもなかったが、何か動く切っ掛けが欲しい。

だけどそれが分からなくて、浬はずるずると居心地のいい海辺の家に居続けていた。

「もうそろそろ、俺のところに来る気になってくれたっていいんじゃないか？　生まれ故郷の居心地がいいのも分かるが、いつまでも無職というのも落ち着かないだろう？」

「うーん……でも最近は漁港の手伝いもちょくちょくしてるし……真吾なんて俺と一緒に漁船

に乗ろう！　って誘ってくるんですよ」

何とか口実を付けて自分の元に来させようとする坂城を焦らすのが楽しくて、浬はわざとらしく悩む素振《そぶ》りを見せる。

そんな浬に、坂城は予想通りの反応を返す。

「真吾が？」

「またそういう顔をする」

浬は、嫉妬をはらんだ顔をする坂城の頬を笑顔でつついた。その手を摑まれて引き寄せられる。

「俺は週末しか浬に会えないのに、あいつとは毎日会ってるんだろう？　ただでさえ、あいつは小学生の頃の君を見ているのに……ずるいじゃないか」

「そりゃあ小学生から一緒だったんですから……」

もしかして、真吾が自分の知らない浬を知っていることにまで嫉妬しているのか。ここまで来るともう病気である。

坂城は先天性のヤキモチ焼きなのだろうと浬は反論を諦めた。

「それに、あれだけ仲良くしていたら、いつ浬に友情以上の感情を持つとも限らないだろう」

温泉で、お互い素っ裸でも性的な関心は一切持たず、子犬みたいにじゃれ合っていた浬と真吾の様子を見ていたくせにそんなことを言う、だだっ子のような坂城にため息をつく。

「僕にそんな感情を持ってくれたのは、隆弥さんだけですよ」

「俺が気付いたんだから、他にも浬の魅力に気付く奴がいないとどうして言い切れる？」

「……分かりました。そんな物好きな奴が現れたとしても、僕が好きなのは隆弥さんだけです。――これでいいですか？」

「ああ」

きっぱりと言い切ると、坂城は嬉しそうに頷いて浬を抱きしめた。

――初めの印象とも、理想とも違う。

坂城は格好いい大人の男ではなく、可愛い大の大人だった。

だが、浬にはそれがたまらなく愛おしかった。

抱きしめられるままに坂城の腕の中に収まると、坂城は浬の髪をなぶりながら真顔になって話し出す。

「これから忙しくなるから、俺がここに来られる機会も減る」

「アジア工場でまたトラブルでも？」

それなら相談に乗ろうと思った浬に、坂城は首を横に振った。

「販売店や客から国産品を惜《お》しむ声が多かったこともあって、新しく国産部門を立ち上げたんだ」

「え？」

予想もしなかった話に驚いた湮だったが、話はさらに広がっていく。

「湮に怒鳴《どな》られて目が覚めた。今は浮かんでいても、沈むと分かっている泥船《どろぶね》にただ乗っているのも馬鹿なことだと。まだ浮かんでいる内に何か出来ることがないか試してみたい。プロジェクトは始まったばかりだが、香りも桜や檜《ひのき》などの和《わ》を意識した物にして、国内だけじゃなく海外に向けての売り込みも視野に入れている」

言いながら、坂城は横に置いていた鞄《かばん》の中から企画書らしき書類を取り出し、腕の中の湮に見えるように広げた。

「僕が見てもいいんですか?」

「ああ。見てぜひ意見を聞かせて欲しい」

そこに描かれた新しい製品は、ビーズ状の消臭剤《しょうしゅうざい》と芳香剤《ほうこうざい》をラメ入りの透明な容器の中に詰め、中身が透《す》けて見えるようになっていた。

容器が透明なので、効果がなくなると色が変わるビーズが見えて交換期限がよく分かる上に、光が当たれば美しいだろう。見た目にも機能にもこだわったデザインだ。

「ラメ入りトランスルーセントですか。きれいですけど、混ぜ斑《むら》が見えやすいから大変そうですね」

「宇津木《うつぎ》モールドさんなら出来ますか?」

「そうですね……やってみたかったな」

美しい分だけ加工が難しい。それだけに、やりがいがあると感じる仕様だった。

もう少し早くこの仕事があったら、工場を閉めずにすんだだろうと寂しい気分にもなったが、今更言っても仕方がない。当時の自分には、あの波を乗り越える力はなかったのだから。

ただ寂しさを嚙みしめながら自嘲《じちょう》気味な笑みを浮かべる浬の顔を、坂城が窺うように覗き込む。

「やってくれませんか?」

「やるっていったって……」

工場がなければどうしようもない。

寂しさに襲われる浬に向かって、包み込むような笑顔を向ける。そんな坂城の表情の意図を推《お》し量《はか》り、行き着いた答えに浬はそんなはずはと首を振る。

「まさか……」

「オーナー様と呼んでくれ。宇津木社長」

「え? ちょっと……本当に?」

自分の突飛《とっぴ》な想像を振り払おうとした浬の目を、坂城が不敵に見つめ返す。

「浬の工場を買い取ったのは俺だよ。代理人を立てたから分からなかっただろうがな」

「あんな古い工場なんか買って! 僕が戻ってこなかったらどうするつもりだったんです?」

「あんなとは何だ。浬のお父さんが建てた、浬の大事な工場なんだぞ。それに、俺が浬を諦めるわけないだろう。国産部門のプロジェクトは、会社のためというのもあったが、何よりも浬のために立ち上げたんだ。このプロジェクトを軌道《きどう》に乗せてから、君に謝りに行くつもりだった」

「僕の……ために？　わざわざ、そんな……」

唖然《あぜん》とする浬に、坂城はいつもの自信家の瞳を向ける。

「あの工場は浬にとって大切な場所だったんだろ？　浬の大切な物を、他の奴に渡したくなかったんだ」

想像もしなかった事態に言葉が出ない。ただ首を横に振る浬の頬を、坂城は両手で包み込んで額がつくほど近くまで顔を寄せた。

「浬は、誰にも渡さない」

「でも……要《い》らないお金を使わせちゃって……」

「金なんて問題じゃない！　浬のためなら、俺は本当に何でもすると分かって欲しくて。それに、浬の工場の技術も惜《お》しいと思ったから」

坂城の自信家の瞳が僅《わず》かに曇《くも》る。金で浬を買おうとしたと思われないか心配していると察した浬は、分かっていると言葉にする。

「僕の技術者としての腕と、思い出を大事にしようとしてくれたんですよね？」

「ああ」

きちんと坂城の本意を分かっていると告げると、坂城の瞳から不安が消えた。

その曇りのない瞳が嬉しくて、浬も笑顔になる。

「期待に添えるようにがんばって仕事して、ちゃんと工場の賃貸料《ちんたい》も払いますからね」

「そんなものは要らないが、二つ条件がある」

「何でも言ってください」

「俺もあそこに住む」

「ええ？　あんなところに？」

思いも寄らない条件に、浬は耳を疑った。

あそこには生活に困らないだけの設備があるとはいえ、それ以上の物では決してない。ダイニングキッチン風の居間と三点ユニットバスに、後は浬と父がそれぞれ使っていた部屋が二間あるだけ。

買い取ってから中の様子は確認しただろうに、その上でそこに住むと言っているのか。

「あんなって……自分が住んでいたところだろう」

「いや、だって工場をまるごと買える人が工場に住むとか、無理でしょう」

「浬が俺のマンションに住むのが嫌なら、俺が浬の方に行くしかないじゃないか。改装すれば何とかなるだろう」

恋人のために工場をまるごと一つ買い取る男が、何をしでかす気か想像のつかない分怖い。

思わず身震いした浬に気付かず、坂城は次の条件を提示する。

「それから、敷地のどこかに木を植えたい」

浬の返事も待たず勝手に進んでいく話に、戸惑いつつも強引な坂城らしいと思い、さらにそんなところが好きだなんて思う自分にも苦笑いが漏《も》れる。

しかし、坂城に造園の趣味があるなどと聞いたことがなかった浬は首をかしげた。

「いいですけど……何の木を？」

「桜を植えて、春になったらそこで浬と二人だけでゆっくり花見がしたい」

「あ……」

「浬は垂《しだ》れ桜《ざくら》が好きなんだろう？」

「それって……」

以前に倉庫で、坂城と一緒に花見がしたいと言った。

そんな何気ないやり取りを覚えていてくれたことが嬉しくて、浬は坂城の腕を縋《すが》り付《つ》くように摑んだ。

「染井吉野《そめいよしの》でも八重桜《やえざくら》でも、何でもいいです！　隆弥さんと一緒に見られるなら何でも――あ、でも花見団子もあると、幸せ具合がぐんと上がりますよね。提灯《ちょうちん》なんかも吊ってみたいな」

「浬……」

「はい？　隆弥さんは？　何かリクエストありますか？　あ、お酒は日本酒？　それともビール？」

諦めきっていた願いが、叶うと思っただけで幸せ一杯な気分になる。満面の笑みでその日を夢想《むそう》する浬に、坂城も嬉しそうに微笑む。

「浬の好きにしていい」

「何笑ってるんです。真面目に付き合ってくださいよ！」

「その前に、まずは桜を買わないとな」

「そうですよね。植えるなら、場所はやっぱり事務所の前？　あそこにはどんな桜が似合うかな」

「浬になら、どんな桜でも似合うよ」

はしゃぐ浬の髪に坂城も嬉しそうに頬をすり寄せ、二人で一緒に迎える春に想いをはせた。

型にはまらぬ恋なれど

Katani Hamaranu Koinaredo

思わず漏れてしまいそうになる愛しい人の名前を、唇で綴《つづ》るに留める。

「……浬《かいり》」

彼はまだ夢の中にいるから。

これまでは、目覚まし時計の鳴る前に目が覚めると、損をした気分になっていた。それが浬と暮らし始めてからは一変し、恋人の寝顔を眺めることができる至福《しふく》の時間となった。

しかし、規則正しい寝息に合わせて微《かす》かに上下する肩や、伏せられた長い睫《まつげ》を見ているだけのおあずけ状態は辛《つら》い。

もう浬の身体で自分が触れていない場所などないくらいなのに、まだ触れたい。

今日が休日ということもあって、昨夜は手だけでなく唇でも散々に触りまくり、同じ夢に入れなかったのが不思議なくらいに奥深くまで繋《つな》がって眠った。

なのに、同じベッドの中で同じ布団にくるまっているだけでは物足りない。彼の瞳に映りたい。このまま眠らせておいてあげたい気持ちと、早く目を覚まして欲しい気持ちが心の中でせめぎあう。

起き抜けの浬に、擦《かす》れた声で「隆弥《たかや》さん」と名前を呼ばれる瞬間が好きだ。

そんな何気ない一コマが日常に加わるだけで、人生すら変わった。

隆弥は今まで一夜の遊び相手は元より、恋仲になったと思った人とも一緒に朝を迎えたことはない。だらしない自分の姿を見られたくなかったし、相手の油断した寝顔にも興味がないというより、見たくなかった。

でもそれは、自分の腕の中で、すべてをゆだねて安らいで眠ってくれる人のいることが、こんなに幸せだと知らなかったからだ。

二人で暮らし始めてもう五ヵ月ほど経《た》つけれど、毎朝がこの調子。夜遊びをやめたせいもあるが、朝に弱かった今までの自分が嘘のようだ。

去年の暮れに、それまで宇津木《うつぎ》モールドで事務所兼住居とされていた二階建てのプレハブ造りの建物は、耐震的に不安があったこともあって取り壊し、鉄筋コンクリートの三階建てに造り直した。

一階は今まで通りの事務所で、二階三階部分はメゾネットの住居スペース。

外観は隣の工場に合わせてコンクリート打ちっ放しと無骨《ぶこつ》で、一階の事務所も応接室を別に作った程度で、他は以前とほぼ同じ。

しかし住居部分は大きく変わった。

浬も交えてデザイナーと打ち合わせをしたが、浬は特に希望が無いということで、隆弥好みの北欧系のインテリアが似合う、白と木目でまとめた暖かみのあるデザインにした。

二階は開放的なダイニングキッチンに、バストイレなどの水回り。三階はそれぞれの個室と、ダブルベッドを備えた寝室。それにシャワールームとトイレ、と隆弥にしては住居として必要最低限なものに留めた。

それでも浬は贅沢《ぜいたく》すぎると困惑し、自分も少しは資金を出すと提案してきた。そんな謙虚さも愛しさに拍車を掛け、もっともっと何かをしてやりたい気持ちにさせられる。いっそのこと工場も建て替えたかったが、それは浬の父親の思い出が詰まった大切な場所だと思いとどまった。

隆弥の父親からは、古い工場など買うくらいなら、支部工場の社長を引き受けろと愚痴《ぐち》られたけれど、知ったことではない。これまで強く自己主張をすることもなく、父親や兄に言われるままに仕事をこなしてきたが、それは自分のしたいことが見いだせなかったせいだ。

今は、浬と会社のためにはじめた、国産部門のプロジェクトを軌道《きどう》に乗せたいという夢がある。いつまでも言いなりになるつもりはない。

隆弥が初めて見せた強固な姿勢に、親も二人の兄も驚いたようだが、国産品に興味を持ってくれた取引先が多くあったおかげで認めて貰《もら》えた。

浬のことでは誰にも何も言わせないし、邪魔はさせない。

これほどまでに、強く誰かに執着したことはなかった。

それも、自分の思い通りにしたいのではなく、彼がどうしたいのかどうすれば幸せになれるか、を考えてしまう。

自分がこんな男だとは知らなかった。今も浬を抱きしめたいのを、そんなことをしたら起こしてしまう、という気持ちが押さえ込んでいる。

けれどこのままベッドにいては、長く耐えられそうにない。そう判断してそっとベッドから抜け出した。

大きな窓に掛かるカーテンを静かに開けると、朝の光が眩《まぶ》しくて目を細めてしまう。雲一つない白っぽい空から視線を落とせば、窓の外では新緑の葉を茂らせた桜が、五月の爽《さわ》やかな朝日を悠々《ゆうゆう》と浴びている。

寝室のある三階からは見下ろす形になるが、地面からだと見上げるほどある、それなりに大きな木だ。

浬は垂《しだ》れ桜《ざくら》が好きなのかと思ったが、特にこだわりはないというので、植木屋に勧《すす》められた染井吉野《そめいよしの》にした。

工場を買い取った時から桜を植えようと決めていたので、よさそうな桜を何種類か見繕《みつくろ》い、移植に備えて貰っておいた。そのおかげで、移植したてでも桜は無事に開花してくれた。

春には薄いピンク色の花を纏《まと》っていたこの木の下で、浬とふたりきりで花見をしたことを思い出す。

野外で食事をするなんて、子供のすることだと思っていた。小学生の時に、遠足で砂埃《すなぼこり》の舞う広場で地面に座って弁当を食べさせられた、嫌な思い出が甦《よみがえ》って憂鬱《ゆううつ》になる。

だが浬の望みならば、と内心の不満を隠して準備を進めた。

しかし、いざ始めてみると、自分からは何も望まない浬がどうしたら喜んでくれるのかを考えるのが楽しくなり、最高の花見にするべくプランを練った。

桜がほぼ満開になった四月はじめの土曜日。

馴染《なじ》みのホテルにパーティケータリングを頼み、大きな蓙《ござ》の上に色とりどりの料理が入ったお重《じゅう》を並べ、アルコールもビールに日本酒にワインと一通り揃《そろ》えた。浬が欲しがっていた、提《ちょう》灯《ちん》の飾り付けの演出もして貰う。

設営した花見会場を見た浬は、こんなに贅沢でなくていいのに、と遠慮しながらも理想的な花見の席に瞳を輝かせた。

満開の桜も霞《かす》む浬の笑顔を見られて、この上ない幸せを感じた。

隆弥にとって生まれて初めての花見は、その楽しさを知らずに過ごした年月を残念に思うほどだったが、これも一緒にいたのが浬だったからだろう。

宵闇《よいやみ》に浮かぶ提灯のぼんやりした明かりの中、春の風が柔らかく浬の髪を揺らす。

風に舞う花弁《かべん》を、日本酒の入ったお猪口《ちょこ》で受けようと躍起《やっき》になる姿が可愛くて笑うと、浬はむくれて口を尖《とが》らせる。

「お酒に花弁を浮かべたら、風流じゃないですか」

「追いかけ回すのは風流じゃないだろ。それに、ほら、そっちのビールのコップの中には入ってる」

「本当だ！　……でもビールだと風情《ふぜい》に欠けますね」

少し残念そうに、それでも花弁の浮かぶ泡の消えたビールを、浬は花弁ごと飲み干した。

「いい飲みっぷりだ」

もう一杯とビール瓶《びん》を手にすると、浬はもう十分ですとコップを置いた。一応桜酒が飲めて満足したのか後ろに手をつき、足を投げ出してくつろぐ。

こんな風に、油断しきった浬を知っている人は少ないだろう。自分だけが知る浬の姿を、心に焼き付けるみたいにじっと見つめる。

酔いの火照《ほて》りに頬を染めた浬は、風になぶられ心地よさげに空を仰《あお》ぎ、いつの間にか昇っていた月に気付いて顔をほころばす。

ほろ酔いの浬が艶《なま》めかしくて、目が離せない。

「お花見なんですから、ちゃんと桜を見て下さいよ」

桜そっちのけで浬ばかり見ていると、視線に気付いた浬が恥ずかしげに桜を見上げる。その桜色の頬に手を添えて、視線を合わせる。

「ちゃんと見てるよ。浬の瞳に映った桜を見てる」

「……嘘つき。僕の目には、坂城《さかき》さんしか映ってないでしょ」

今度は酔いより照れで、頬どころか耳まで染めて可愛いことを言ってくる。そんな浬に我慢ができなくなって、その場で行為に及んだ。

花見の宴《うたげ》は紅白の幔幕《まんまく》で囲って外からは見えないよう設営していたとはいえ、野外でするのは初めてだった。

浬も恥じらいつつも興奮したらしく積極的で、素晴らしい夜になった。

思い出しただけでも身体の芯が熱くなる。朝から元気な自分に少々呆れ、平和に眠っている恋人の方に目をやると、視線を感じてか浬の瞼《まぶた》がゆっくりと持ち上がる。

軽くあくびをかみ殺し、坂城が自分を見ていることに気付いて照れくさそうに微笑む。

「……隆弥さん？　もう起きてたんですか」

瞼を擦《こす》りながら、眠たげな声で名前を呼ばれる。この瞬間は何度味わってもいい。

「休みの日に早起きするなんて、子供みたいだと思ってるだろ」

自分でもそう感じて言った台詞《セリフ》は、図星だったようだ。浬は大きな目をさらに見開き、それからふわりと破顔《はがん》した。

浬の表情は、凪《な》いだ海のように穏やかで優しい。けれど、怒らせるととても怖くて、それでいて美しい。

そんなところも、畏敬《いけい》の念を抱かせる海のようで、いつまで側《そば》にいても飽きることがない。

起き出す気になったらしく、上半身を起こした浬に近づき頬におはようのキスをすると、浬も同じだけの愛しさを込めたキスを返してくれる。

こんな絵に描いたような恋人同士の仕草を、自分がするようになるとは思いも寄らなかったが、自然と身体が動いてしまう。

隆弥の首筋に抱きついて起こしてとねだってくる浬を、逆に押し倒したい気持ちを抑えてベッドから立ち上がらせる。

「もしかして、僕が起きるのを待ってくれてたんですか？」

「いや。俺も今起きたばかりだ」

起き出した浬は、窓を開けて外の景色を見渡す。曇《くもり》の日が続いていたので、久しぶりのお日様を嬉しそうに目を細めて見上げる。

「よかった。今日はいい天気ですね」

想いが通じ合ってから、浬は前よりずっと甘えた素振《そぶ》りを見せるようになった。しかし一緒に暮らすようになっても、丁寧な口調は変わらない。

この他人行儀な言葉遣いは、浬が自分をただの枕営業の相手としか思っていないと誤解した一因にもなった。恋人同士ならもっと砕《くだ》けた言葉遣いでいいのにと思うが、これについてはもう気にしないことにしている。

浬は幼なじみの真吾《しんご》相手にはさすがに少し気安い話し方だったが、それでも基本的には丁寧だった。

これは浬の父親の影響らしい。

浬は父親から工場で、取引先には仕事をいただいている、従業員には仕事をしていただいていると思え、と教えられたそうだ。卑屈になれという意味ではなく、人には感謝の気持ちを持って接しろということだろう。

仕事人としてのプライドを持って生きている、それが隆弥の愛した宇津木浬だから、その姿勢を無理に変える気にはなれない。

それに、父親からこんな風に人付き合いのノウハウをたたき込まれたということは、希薄《きはく》な親子関係しかない隆弥にとっては、うらやましい話だった。

隆弥の父親は、隆弥とは九歳年の離れた長兄《ちょうけい》に会社を譲《ゆず》るつもりで、七歳年上の次兄《じけい》はその補佐に、と二人の教育には余念《よねん》がなかった。しかし年の離れた末っ子のことは妻に丸投げで、仕事に明け暮れる父親とは顔を合わせることすらまれだった。

任された母親の方も観劇に旅行にショッピング、と自分の趣味に忙しく、乳母《ばあ》や姉《ねえ》やに隆弥の世話をさせた。

乳母やの『琴《こと》さん』は、母親の乳母も務めた結構な歳のおばあさんだったので、参観日や運動会には姉やの『智子《ともこ》さん』が来てくれた。

周りの学友は彼女を隆弥の母親だと思っていて、母親のことを智子さんと呼ぶ隆弥は、変わり者と思われた。

そんな智子さんも隆弥が小学四年生の時に遅い結婚をし、それからしばらくして琴さんも娘夫婦と同居することになり、隆弥の元を去って行った。

両親から虐《しいた》げられたわけではないが、あからさまな『予定外に生まれてしまった子』扱いに、幼い頃から自分は必要とされていないと感じていた。

それでもそんな弱気な自分を周りに晒《さら》すことは、持って生まれたプライドが許さない。

——何でも一人でできる。だから一人でも平気。

過剰なまでの自信家でいたのは、そうでなければ寂しさに押しつぶされそうだったからだけれど、そんな強がりもずっと続けていけば、いつしかそれが自分自身の性格になった。

心身共に健《すこ》やかな浬を見ていると、もう少し普通の親の元に生まれていれば、ここまで捻《ひね》くれた性格にはならなかっただろうかと自己分析をしてしまう。

しかしどんな環境でも、まっすぐに成長する人はいる。自分はただ弱いだけだと反省した。

隆弥は、浬の父親と直接話したことはない。だが社内の噂では、意志が強く頑固《がんこ》だとは聞いたけれど、悪い話は聞かなかった。きっと立派な人だったのだろう。

そんな人の大切な工場とご子息を得たのだ。いつまでも弱い男でいてはいけないと、身が引き締まる想いがする。

「——隆弥さん？」

つい考えに浸《ひた》ってしまい、じっと浬を見つめたままだった。

心ここにあらずな様子の隆弥に、浬はどうかしたのかと問いかけるみたいに首をかしげた。

「いや……今朝は何を食べようかと思って」

「お腹が空《す》いてたんですね。じゃあ、早く出かけましょう」

お腹が空きすぎてぼーっとしているると思われるなんて恥ずかしい話だが、そんなみっともない部分も浬は丸ごと受け止めてくれる。

起きただけでグズグズ過ごしていた隆弥と違い、浬はすぐにパジャマを脱いで着替えをはじめた。

その姿を見るのも、毎朝の楽しみだ。美味《おい》しそうな浬を眺めながら、朝食について考えを巡《めぐ》らせる。

「今日は久しぶりにカレーパンが食べたいな」

「僕は玉子サンドにしようかな」

二人で朝食のメニューを決める。こんな、なんということもない会話にも心が弾《はず》む。

晴れた休日の朝は、近くの運動公園までランニングに出かけ、早朝からやっているパン屋でパンを買って公園で食べるか、喫茶店でモーニングを楽しむ。

今日は天気がいいと予報されていたので、パンを買って公園で食べることにしていた。

ランニングは浬の、喫茶店でのモーニングは隆弥の習慣。だが最近は、隆弥が野外での食事の楽しみを知ったこともあって、公園で食べることが多い。

お互いの暮らしが解け合って、一つになっていく。

隆弥もトレーニングウェアに着替え、二人で晴天の空の下へ競うように駆け出す。

まだほとんど人影のない遊歩道を、テンポよく走る。朝の空気は心地よく、すれ違う見知らぬ人とも挨拶《あいさつ》を交わす。もはや顔なじみになったパン屋のおばさんは、おまけにとクロワッサンを一つ袋に忍ばせてくれる。

夜型の隆弥が知らなかった、異世界のように爽やかな世界だ。

隆弥から見れば心も身体も無防備すぎる浬の気質は、この環境がはぐくんだのだろう。

すぐ隣で、息を弾ませ無心に走る浬を横目で盗み見ながら、そんなことを考える。

自分の性癖に気付いた浬が、ゲイバーなどに行っていたとしたら、その日のうちに酔い潰されて持ち帰られていたはず。想像しただけで背筋が凍る。

こんなに初心《うぶ》で擦《す》れていない浬が、枕営業を仕掛けたなんてひどい誤解をしてしまったことは、一生の不覚だった。

昔は隆弥の庭だった夜の街では、噂が流れるのは早い。隆弥が『ＳＡＫＡＫＩ』の御曹司《おんぞうし》ということは、自分から名乗ったわけではないが知れ渡っていた。

地元では知らぬ人はない大企業の子息と、何とかして知り合いになろうとする者は多かった。偶然を装《よそお》い行きつけの店で待ち伏せされたり、露骨《ろこつ》に付きまとわれたりと様々なアプローチを受けた。

何も知らずに声を掛けてきた相手もいたが、隆弥の身元を知ると必要以上に媚《こ》びを売るか、気後《きおく》れして去って行くかのどちらかで長続きしない。

だから出会った頃の浬の行動も、計算ずくだと思い込んでしまった。

会社に出入りする業者に、可愛い子がいるなと気付いたのはいつだったか。

宇津木モールドの跡取り息子、宇津木浬。その存在を認識してからは、水色の作業着でてきぱきと機敏に動き回る彼の姿を見たくて、宇津木モールドの納品日を調べ、その時間帯に製造棟や倉庫の周辺をうろつくようになった。

すれ違いがあったのか会えなかった日には、どんよりとすっきりしない気分だった。

いつしか、隆弥が彼に気がつけばいつも目が合うことから、向こうもこちらを見ていると分かった。

けれども彼は、ぺこりと頭を下げて挨拶するだけで、そそくさと立ち去る。

気があるふりをしつつも自分から接触をしてこないのは、追いかけさせるための作戦だろう。相手の策に乗るのは癪《しゃく》だったので、自分からきっかけを作ることはしなかった。

そうこうするうちに彼の父親が亡くなり、彼が跡を継いでモールド工場の社長になったと聞いた。

いつものはつらつとした雰囲気が消えた、頼りなげな背中を本部ビル内で見かけたとき、声を掛けずにいられなかった。突然社長になった戸惑いと不安に、押しつぶされそうだった彼を放っておけず、隆弥から誘いを掛けると、瞳を輝かせて縋《すが》ってきた。

その時に彼のくれた下手《へた》くそなキスは、遊び慣れた隆弥にはむしろ新鮮で、胸をわしづかみにされたかのように動けなくなった。それなのに、心臓だけは早鐘《はやがね》を打つ。

心ときめく恋。

——今にして思えば、そんな言葉がぴったりで、あの瞬間に、隆弥は恋に落ちていた。

付き合いだしてからも、情報を事前に流したり仕事を回してやるととても喜んで、あの倉庫での逢瀬はいつも以上に熱を帯《お》びたものになった。

それが情報への見返りではなく、ただ隆弥と秘密の共有ができたことや、会える機会が増えた嬉しさからと知った時は、愛しさと自己嫌悪が胸に渦巻《うずま》いて息すら止まりそうだった。

浬がここまで純真で、見た目だけでなく中身も可愛いと気付かなかったのは、お互いを深く知り合う前に身体の関係が先行したせいだろう。

美しくて感度のいい身体に溺《おぼ》れ、失うことを恐れた。

浬は今まで自分を利用しようとした奴らとは違う、と気づける場面はいくつもあったのに、愛されてはいなかった過去を思い出すのが嫌で、直視しようとしなかった。

温厚《おんこう》な浬に殴られて、ようやくまっすぐに向き合う決心がついた。

浬にはマゾ疑惑を持たれてしまったが、殴られてよかったと心から思っている。

そうしてあの公民館で和解してからは、隆弥はなるべく自分のことを話した。浬についても訊ねるようになり、この早朝のランニングも、そうした会話から始まった。

「今日はどこで食べましょうか？　もう広場じゃ少し暑いですよね」

目的地の運動公園に着くと、軽くストレッチして火照った身体をクールダウンしてから朝食にする。これまでは日当たりのいい噴水広場のベンチで食べていたが、今日は日差しが強い。広場から少し離れた、木陰のベンチを選んで腰を下ろす。

「ここのカレーパンは美味《うま》いけど、結構辛《から》いよな」

「じゃあ、僕のクリームパンと半分交換しましょう」

木漏《こも》れ日《び》の下、お互いが選んだパンを半分こにして食べる。飲み物は、ケータイマグに入れて持って来たコーヒー。それが他のどんなものより美味く感じる。

幸せを得るのに掛かる金額の小ささに、自分の今までの価値観がどれほど間違っていたかを実感させられた。

のんびり食事をして帰る頃には、スーパーも開いている時間になるので買い物をしていく。

夕飯は何にしようか話しながら店内を歩いていると、ビーッと甲高《かんだか》い金属音がした。すぐ横の、従業員以外立入禁止のスペースから聞こえてきたようだ。

何かの機械が発した音だろうと隆弥はさほど気に留めなかったが、漏れ聞こえた程度の音だったのに浬はよほど驚いたのか、肩に入った力をホッと抜いた。

どうかしたのかと窺《うかが》う隆弥の視線に気付き、浬は大げさだったと照れた笑いを浮かべる。

「最近、こういう音を聞くとドキッとしちゃうんです。新しくつけた機械のエラーアラームがよく鳴るから」

『ＳＡＫＡＫＩ』で新しく作られた国産ブランド用の芳香剤《ほうこうざい》は、豪華さを出すため金色の装飾が施《ほどこ》されることになった。

容器の成形《せいけい》を任された宇津木モールドでは、その加工のため、既存《きぞん》の射出《しゃしゅつ》成形機に製品の表面に加飾《かしょく》する箔《はくおく》送り装置を取り付けた。

その機械との相性の問題だろうけれど、と浬は表情を曇らせる。

「基盤の問題らしくて僕じゃ分からないから、月曜にメンテナンスに来て貰うんですけど——ごめんなさい！　また仕事の話を……」

休みの日に仕事の話はしない、と約束したのを思い出したらしい。浬は慌てて話を打ち切った。

「そうだな。お仕置きしないといけないな」

周りに人がいないのをいいことに、耳元に唇を寄せて囁くと、浬はくすぐったいと恥ずかしそうに肩をすくめる。こんな所で、と怒る言葉に嬉しさが滲《にじ》んでやけに甘く聞こえた。

同業で職場に住んでいるから、プライベートな時間でもつい仕事の話をしてしまう。だからせめて休日くらいは仕事を忘れよう、と二人で決めた。

お互いに、これが初めての恋人との同棲。

一緒に暮らす上でのルールを作っていくなんてことも、窮屈《きゅうくつ》さより新鮮さを感じた。一人暮らしで何でも好きにしていた頃より、生活にメリハリが出たように思う。

機械のトラブルは気になるが、ここで悩んでもどうしようもない。

今日はこれから家にこもって、海外ドラマのＤＶＤ－ＢＯＸセットを、何話まで見られるか耐久《たいきゅう》視聴をしようと決めていた。

悩みの種は頭から追い出し、二人の時間を楽しむべく家路《いえじ》についた。


平日の朝食は、隆弥が作る。といっても、玉子とベーコンを焼いてトーストを用意する程度だが――その間に浬は工場へ行き、ストレッチをしたり機械の電源を入れたり、と自身の身体と工場の操業《そうぎょう》の準備をするのが日課だ。

夕飯作りは基本交代制だが、時間のある方が作る。浬は朝も交代制にしようと言ってくれたけれど、朝は身支度一つで出社すればいいだけの隆弥の方が時間に余裕がある。だから調理は隆弥がして、後片付けは昼食も自宅で自炊する浬がその時ついでにすることにした。

「……遅いな」

すっかり冷めてへろりとなったただらしないトーストと、余熱《よねつ》で黄身が固まってしまった目玉焼きを前に、隆弥はせっかく上手にできていたのにと肩を落とす。

浬はいつも、食卓の準備が整う頃には戻ってくるのだが、今日はもう十分近く遅れている。

何か問題でも起きたのか、と心配になった隆弥は工場へ向かった。

機械は進歩したが、成形は気温や湿度によって出来に斑《むら》が出る。工場内は決まった温度と湿度を保っていたとしても、それでも外の天気に左右される。だから浬は、室内だけではなく外気の温度と湿度に天気も調べ、不良率とどんな不良が出たかを記録していた。

経験と勘の積み重ねは、ときに機械に勝《まさ》る。

仕事中の浬の格好良さは堪《たま》らない。いっそ隆弥も宇津木モールドに就職したいと思うほどだ。

今朝も、水色の作業服を着て機械のモニター画面を注視している浬の真剣な横顔に、思わず見とれてしまう。

だがそんな場合ではなかった、と歩を進めて浬の隣に立つ。

「これが昨日言っていたエラーの出ている機械か？　納品されている製品に問題はないようだが、どこが悪いんだ？」

「モニターには温度エラーと出るんですが、実際の温度を確かめてみると問題はないんで、アラームスイッチを切って作業してるんです。それでちゃんと製品も出来てるんですけど、万が一ってこともありますから」

あくまでもその場しのぎの対策で、何故そんな表示が出るのかきちんと見て貰わなければ安心できない。もっともな話に隆弥もそうした方がいいと賛同する。

「いっそ機械を買い換えたらどうだ？」

「それも考えていますが、まずは直せるかどうか見て貰って、判断はそれからですね」

「そうか。じゃあ、取りあえず今は朝食にしよう」

「ああっ、ごめんなさい！　せっかく用意してくれたのに」

ごめんなさいを連呼《れんこ》する浬の前では、朝食が冷めた程度のことなど毛ほども気にならない。

「構わないよ。メンテナンスの人は何時頃来てくれるんだ？」

「二時頃の予定です」

その頃に様子を見に来ようと決めて、隆弥は浬の背中を押して朝食をとりに家へと戻った。

工場の土地の名義人は隆弥だけれど、宇津木モールドは浬の会社だ。

だが今、浬を苦戦《くせん》させているのは、隆弥が主導するプロジェクトの製品。隆弥が口を出す権利がある。

成形機はいくつかのパーツの組み合わせで出来ているため、部分的に換えるだけなら数十万単位ですむ。だが、すべて買い換えるなら数百万になる。

でも、それで浬の悩みが解消するなら安いもの。メンテナンスに来た技術者から話を聞いて、買い換えた方がいいならそうしようと勝手に決めた。

浬の役に立ちたい、もっと頼って欲しい。

けれど浬は自立心が旺盛《おうせい》すぎて、人に頼ったり弱みを見せたりするのが下手で、ぎりぎりまで一人で耐えようとして潰れそうになってしまう。

だから隆弥が先を読んで、浬が転ばないよう、傷つかないよう、心を砕くことにした。

宇津木モールドに勤《つと》める男性は、涅の他は細川《ほそかわ》という古くからの従業員だけ。彼は涅が工場を畳《たた》む際に引退したそうだが、少し前に奥さんを亡くし、何か生き甲斐《がい》がなければボケてしまいそうだと再雇用《さいこよう》を受けてくれた。

彼は長年工場勤めで技術的には頼りになるが、経営に関しては詳しくないらしい。

ここでいい所を見せれば、涅に頼りがいがあると思って貰えて、もっと頼ってくれるようになるかもしれない。

細川の他に従業員は、パートの女性が三人。みんな涅の父親の代から勤めてくれている人達ばかりで、涅は信頼を寄せている。

そんな中、隆弥は新参者《しんざんもの》のオーナーとして、工場に溶け込む努力をしていた。

仕事上では、無駄を省《はぶ》くべく機械の配置を変えるレイアウト改善を実行。

人間関係は、休憩時間のお茶請《ちゃう》けにと饅頭《まんじゅう》やクッキーの差し入れを欠かさず、パートの女性が髪型を変えればいち早く気付き、似合っていると褒《ほ》めた。

そんな努力の甲斐あって、『ＳＡＫＡＫＩ』の社員でありながら、隆弥も工場の一員として認めて貰えるようにはなってきた。

そろそろ、いると助かる程度の存在から、なくてはならない存在に格上げされたい。

自分の居場所を確たるものにすべく、隆弥は涅に気付かれぬようひっそり己《おのれ》を奮《ふる》い立《た》たせた。

技術者が来ると聞いていた二時過ぎ、隆弥は工場の様子を窺いに戻った。

「あら、坂城さん」

工場の正面入り口ではなく裏口から入ったが、窓際の席で製品の裏にバーコードシールを貼り付ける作業をしていた、パートの佐藤《さとう》に見つかって声を掛けられる。

「機械の調子が悪いって聞いたけど、どう?」

工場は操業中なのだから、誰かに見つかるのは想定内だ。浬にさえ見つからなければいい。ちょっと様子を見に来ただけで邪魔したくないから、とこっそり入った言い訳をし、機械の陰に身を潜《ひそ》める。

「今ちょうど、修理の人が来てくれてますよ」

佐藤が視線を向けた問題の射出成形機の前に、若い男性の姿を見て隆弥は眉をひそめた。

宇津木モールドの再建を聞きつけ、以前の取引先からの依頼も入るようになったが、まだ新しく正社員を雇《やと》うほどの仕事はない。だから職場で浬が若い男性と関わることはないと安心していたが、メンテナンスの技術者は想定外だった。

外回りのメンテナンスは、それなりに経験を積んだベテラン、つまりは中年のおじさんが来ると思い込んでいた。

しかし現実は隆弥の予想を裏切り、彼は浬と同じくらいの歳の青年だった。

成形機の前にしゃがみ込んでコントロールパネルを開き、ノートパソコンを接続して何やら作業をしている。

浬は彼のすぐ近くで、腰をかがめて問題点を説明しているようだ。二人してノートパソコンのモニターを指さし、何の話をしているのか顔を見合わせて笑う。

隆弥では分からない専門的な話を、浬が他の男と楽しそうにしている姿は、何度見ても胸を搔《か》きむしりたくなるほど嫉妬させられる。

仕事の相手に嫉妬する愚行《ぐこう》は、絶対にしてはいけないと強く自戒《じかい》していたが、あの男は駄目だ。

踞《うずくま》っているのでわかりにくいけれど、紺色の作業服に包まれた身体は、ほっそりとしているが身長の方はかなりありそうだ。顎《あご》が細く、奥二重《おくぶたえ》でくっきりした目に鼻梁《びりょう》の通った小ぶりな鼻。それに手間が掛からない短めの髪型にメタルフレームの眼鏡で、いかにも技術者といった見た目だ。しかし鋭さを秘めた瞳から、一筋縄《ひとすじなわ》ではいかない強かさ《したた》を感じる。

シャープで神経質そうな印象なのに、微笑むと片えくぼができて一気に可愛い感じになるけれど、その笑みはどこか作り物めいていて、空々《そらぞら》しい。

こういう雰囲気の人間は、大抵腹に一物《いちもつ》持っている。

どこがどうと説明は出来ないから証明のしようがないけれど、長年の勘《かん》で分かる。

隆弥は、人生の大半をそんな輩《やから》との攻防に費《つい》やしてきたのだから。

だが湦はそんなことにも気付かず、にこやかな顔で親しげに談笑をしている。

「この精密ドライバー、コンパクトだけどすべり止めもしっかりしてて、使いやすそうですね」

「ええ。よかったらどうぞ」

その男が持っている工具を湦が褒めると、彼は小さなプラスチック製の箱を湦に差し出した。

「そんな。いただけませんよ」

「大した物じゃないんで、遠慮しないで下さい。百円ショップで買ったんですから」

「ええ！　百円均一でこんな物まで売ってるんですか？」

それでもやっぱり悪いですと断る奥ゆかしい湦の手に、無理矢理箱を押しつける。その際に手と手が触れ合ったのを見て、我慢は限界に達した。

そのままにはしておけず、隆弥は死角から出て湦達に近づいた。

「隆弥さん。どうしたんですか？」

今朝別れたばかりなのに、会えて嬉しいといわんばかりの笑顔で迎えられ、隆弥の頬も緩《ゆる》みそうになるが、そんな場合ではないと真面目な表情を作る。

「エラーのことが気になって見に来たんだ」

突然現れたスーツ姿の男に、怪訝《けげん》な眼差《まなざ》しを向ける青年に、湦は慌てて隆弥のことを紹介す

安 全 十 第 一
2

る。

「松本《まつもと》さん。こちらは、この製品を発注して下さってる坂城さんです。坂城さん、こちらはメンテナンスに来て下さった——」

「センチュリーエンジニア、技術部の松本勇司《ゆうじ》です」

青年は、素早く胸ポケットから名刺を取り出した。

センチュリーエンジニア株式会社のことを坂城は知らなかったが、工場機械の製造販売では有名な会社らしい。

隆弥も勇司に名刺を渡したが、一瞥《いちべつ》しただけで胸ポケットへしまった。

すでにこの製品が『ＳＡＫＡＫＩ』からの発注とは聞いていただろうが、その担当者が坂城家の一員と知ってもこの態度とは。肝《きも》が据《す》わっているのか物知らずなのか、判断に迷う。

「問題箇所《かしょ》は見つかりましたか？」

「基盤上の問題でしたから、設定をいじるだけで何とかなりました。機械を後付けすると、予想外の動きをして大変ですよね」

訊ねたのは隆弥なのに、勇司は湮に向かって答えた。さりげなく無視された気がして、神経を逆なでされる。

むっとなった隆弥を盗み見るように視線だけくれて、勇司は口の端を小さく上げた。

分かっていてやっている挑発的な態度に、隆弥は勇司への警戒レベルをＭＡＸまで上げた。

「……浬。買い換えなくても大丈夫なのか？」

「心配をおかけしましたけど、後からつけた機械の温度計のデータと、元からの機械のデータの両方が混じってしまって、おかしな数字になってただけみたいです」

「でも他にも原因はあるかもしれませんから、また様子を見に来ますね」

機械を買い換えるとしても、こいつの会社からは絶対にごめんだ。そう思って勇司に背を向けて浬に話しかけたのだが、勝手に会話に入ってくる。

強引で不遜《ふそん》な態度だが、言葉遣いも物腰も柔らかいせいか、浬はまるで不審を感じていない。あれこれと機械に関する質問を投げかけ、勇司はそれに的確に答えていく。

結局、勇司の技術者としての腕は確かなようで、他の成形機についてもこの際気になる部分は調べて貰おうということになった。

技術的なことには口出しのできない隆弥は、歯がみするしかない。勇司のような不逞《ふてい》の輩から浬を守るため、本当に宇津木モールドに就職したい気分になった。

「あ、もう三時ですね。ちょっと休憩しましょう」

隆弥さんも一緒に、とにこやかな浬に頬を引きつらせながらも何とか笑顔を返す。

まだ再建したばかりで仕事の少ない宇津木モールドでは、週のうち何度かは十五時で終業となる。今日もそうだったらしく、細川とパートの女性達はお先に失礼しますと帰っていった。

浬がお茶の準備をしに事務所へ向かうと、残された男二人の間の空気は、帯電《たいでん》したようにピリピリとしたものに変わる。

「インサート成形は、既存の成形機にシステムを取り付けて出来るので、導入は簡単そうに思われていますが、扱いに慣れるまでは結構大変なんですよ。――って、こんなこと『ＳＡＫＡＫＩ』のご子息に言ったって分かるわけないですよね」

インサート成形は、射出成形機の金型《かながた》内に加飾フィルムと印刷を施した転写箔《てんしゃはく》を取り付け、成形と同時に表面に加工を施すやり方だ。

隆弥だって、その程度のことは知っている。嫌みったらしい言い方に、あからさまな敵意を感じて思わず眉間《みけん》に皺《しわ》を寄せてしまう。

終始笑顔の勇司と、隠しきれない不機嫌さを露《あら》わにしている隆弥という構図は、傍目《はため》から見れば隆弥のイメージの方が悪い。

人を傷つけながら、相手を加害者に見せる。一番質《たち》の悪いタイプだ。

浬に見られたら、また隆弥がヤキモチを焼いていると誤解されるだろう。慎重に掛からなければ、浬の信頼を失いかねないと肝《きも》に銘《めい》じて笑顔を作る。

「松本さんはまだ若いのに、ずいぶんと機械にお詳しいようですね」

「ええ。浬さんより一つ上なだけです。浬さんとは年が近いし同じ技術系ですから、話が合って楽しいです」

「浬は人当たりがいいから、誰とでも上手く付き合えるんですよ」

『浬さん』と、わざわざ名前で呼ぶことを強調する言い方も癇《かん》に障《さわ》る。負けじと呼び捨てにする自分も大人げないと思いつつ、互いに顔だけはにこやかに笑い合う。

「――浬さんって純情そうですけど、相当なテクニシャンなんでしょうね」

「なんだと?」

声のトーンを落とした勇司の言葉を、思わず聞き違いかと問い返してしまう。

「坂城さんは最近、どこの店にも顔を出してないそうで。ずいぶん沢山《たくさん》の男が嘆《なげ》いてましたよ」

隆弥がゲイだということも、遊び人だったことも知っているということは、勇司もご同類なのだろう。しかし、隆弥は勇司と会った覚えがない。どうして面識もない相手にここまで絡《から》まれるのか、勇司の真意を推《お》し量《はか》りながら慎重に答える。

「恋人がいるから、遊び相手などもういらないんだ」

「浬さんに相当入れあげてるみたいですね。噂通りだ」

勇司は、口元に薄い笑みを浮かべて鼻で笑う。

どこでどんな噂を聞きつけてきたのか。まるで浬が身体を使って隆弥を手玉に取っているかのような言われ方は心外だ。

わざと怒らせようとしているらしい態度と口調に、何か裏があるはずと、爆発しそうな怒りを押し殺す。

胸に留めた爆弾はぶすぶす燻《くすぶ》り、きな臭い匂いを鼻の奥に感じる。

「お茶が入りましたから、事務所の方へどうぞ」

バチバチと視線で火花を飛ばすキツネとタヌキの化《ば》かし合《あ》いの間に、何も知らない可愛いウサギがひょっこり入って来た。

実際に火花が出ていたら、火傷《やけど》をするところだっただろう。

隆弥と勇司がいがみ合えば、浬が巻き込まれて傷つくことになりかねない。それだけは避けなければ、と今すぐ勇司を問い詰めたい気持ちを抑え込んだ。

勇司が何を企《たくら》んでいるのか計《はか》りかねて警戒する隆弥をよそに、事務所の応接室に通された勇司は、キョロキョロと興味深げに部屋を見回す。

「こっちの建物はまだ新しいんですね。上の階は会議室とか研究室ですか?」

「いえ。うちはそんな大層《たいそう》な工場じゃないですから、住居として使ってます」

「通勤時間ゼロですか。いいなー、俺なんて一時間近く掛かるんですよ」

朗《ほが》らかに笑う勇司は、隆弥と二人だけだった時の態度からは想像もつかない無邪気さだ。

これでは、あいつは性悪《しょうわる》だから気を付けろなんて浬に警告しても、隆弥の気にしすぎということで終わらされてしまうだろう。

どうすればいいのか、考えても考えても名案は浮かばない。にこやかに雑談を交わす二人の姿を、ただ見守ることしかできない。

腰を据えて長々と話し込んでいた勇司が帰ったのは、もう日も暮れてからだった。

浬は一番の悩みだったアラーム問題が解決して肩の荷が下りたようで晴れやかだったが、隆弥は重荷を背負った気分でどんよりと肩が重い。

「どうしてもあいつに機械のメンテを頼まなきゃならないのか？　買い換えた方が早いだろ」

「でもうアラームの問題は解決しましたし、いらないお金は使いたくないです」

さっさと機械を買い換えて、あの勇司を二度と浬に近づけたくなかったのだが、駄目で元々の提案は、吟味《ぎんみ》されることもなくあっさり却下された。

浬の前で猫を被《かぶ》っていたところから、勇司は隆弥ではなく浬に何かを仕掛けてくる気だろう。今まで隆弥に群《むら》がってきていたハイエナが、浬の存在を嗅《か》ぎ付《つ》けて近づいてきたのだ。

浬は、自分が坂城隆弥の恋人であるということの意味を分かっていない。

隆弥が浬のためなら何でもするということは、この工場を買い取ったことから推測できたのだろう。浬は隆弥の持つ金と権力を自由に使える立場にありながら、隆弥ほどの警戒心がなく、簡単に騙《だま》されてしまう格好《かっこう》の標的だと知られてしまった。

こんな事態を予測していなかったのは迂闊《うかつ》だった。

隆弥の危惧《きぐ》を知らぬ浬は、隆弥の浮かない表情を製品について心配していると思ったようで、大丈夫ですと胸を張る。

「そんなに心配しないで下さい。隆弥さんが立ち上げたプロジェクトの製品で、不良品なんて絶対に出しませんから」

もちろん普段の製品も不良は出さないように気を付けますけどね、と慌てて言いつくろうが、それほど気合いを入れてくれているのだろうと嬉しくなる。

このプロジェクトは隆弥が企画し、浬が製造する。二人の子供のようなもの。

――柄にもなく、そんなことを考えてしまう。

隆弥を利用しようとするどころか、隆弥のために奮闘《ふんとう》しようとしてくれる。

そんな浬だから、好きになったのだ。勇司が何を企んでいようとも、自分が浬を守る。

今こそ、これまで散々《さんざん》苦しめられた、金とコネと権力を駆使《くし》する時だ。

浬のために、持てる力のすべてを使おうと心に決めた。


「ふう……」

ネクタイを緩《ゆる》めると、ようやく気持ちが落ち着いた。

大きく漏れたため息に、隆弥《たかや》は自分が思った以上に疲れていると気付く。

いつもなら休日は浬《かいり》とずっと一緒に過ごせる楽しい日だが、今日は堅苦しい料亭で、親族が集まる食事会だった。

坂城家《さかき》では血族で結束《けっそく》して持てる資産を守るため、定期的にこうした席が設《もう》けられる。お互い牽制《けんせい》しつつも、上手《うま》い儲《もう》け話《ばなし》は共有してさらに資産を増やす算段をする。

にこやかで上品な腹の探り合いの席はうんざりさせられる。しかし、隆弥は見合い話を持ってこられないだけマシだと耐えていた。

若い独身者は、議員や他の企業と血縁を結ぶための道具扱いされるが、日本での同性婚が認められない限り、隆弥が結婚をすることはない。

隆弥が同性愛者ということは、二人の兄にははっきり話した。年の離れた兄たちと隆弥は、一緒に遊んだこともなければ、喧嘩《けんか》をしたこともない。だから家族という実感が乏《とぼ》しい。

しかし血のつながりのなせる業《わざ》か、それなりに気は合う。

特に次兄《じけい》は、今は結婚して子煩悩《こぼんのう》な家庭人になったが男も女も相手にできる両刀《りょうとう》で、一時期は一緒にゲイバーに行っていたことすらある。

両親には性指向をはっきりと話したことはないけれど察しているようで、「相手様を怒らせて台無しにするはず」と親戚の勧《すす》める見合い話を断り続けてくれた。

おかげで隆弥は、親戚間で『遊び人の独身主義者』と認識され、問題を起こすような遊び方さえしなければそれでいい、と放任されている。

「お帰りなさい、隆弥さん。……隆弥さん？」

早く裏表のない浬の笑顔に癒《い》やされたい。そんな気持ちでリビングに入った隆弥は、目の前の光景に立ちすくんだ。

突っ立ったままの隆弥に、浬はテーブルを片付けていた手を止めて首をかしげる。テーブルには、来客を示唆《しさ》するカップが二客《きゃく》。浬はそれを隠す素振《そぶ》りもなく、お盆に載せて片付けようとしていた。

浬にしてみれば、悪いことなどしていないのだから当然の態度なのだろうが、その危機感の無さが問題なのだ。

「……客があったのか？」

「ええ。勇司《ゆうじ》さんが来てたんです」

客の正体は聞かなくても想像がついたけれど、浬の口からその名を聞くと、衝撃波が来たみたいに胸に圧迫感を覚えた。

おまけに、いつの間にか浬もあの男のことを、勇司さんなんて名前で呼んでいる。

「……何で、あいつが……」

「いろんな工具が揃《そろ》ってる百均をご存じだったんで、連れて行って貰《もら》ったんです」

連れて行って貰ったということは、勇司の車で出かけたのだろう。

勇司はあの後も何度か工場に来ていた。その間に約束を取り付けたらしい。工場内なら人目があるからおかしな事態にはなるまいと高《たか》をくくっていたが、油断も隙もない。

「ついでに一度行ってみたかった、国道沿いのホームセンターにも行けて楽しかったです」

楽しかったというのは勇司と出かけたことより、ホームセンターに行けたことだ、と自分に言い聞かせたが、その程度のことで動揺と憤《いきどお》りは納まりそうになかった。

楽しげな浬を見るのは好きだが、浬を楽しませることは自分がしてやりたいのに。

映画にスポーツジムにショッピングモールに水族館。浬が行きたがる場所にはいろいろ行ったけれど、ホームセンターに行きたいとは聞いたことがなかった。

「なぜ今まで、ホームセンターに行きたいと言ってくれなかったんだ？」

「だって、隆弥さんはホームセンターなんて興味がないでしょう？」

好きでもない場所に付き合わせては悪いと気を使ってくれたらしいが、まったく嬉しくない。

「どうしてあいつをこの部屋へ入れた！」

「送っていただいたんですから、お茶くらいお出しするべきでしょう？」

それはそうだけれど、一階に応接室があるのに何故という想いが抑えきれず、つい詰問《きつもん》口調になってしまう。

だが浬は、いつもの隆弥のヤキモチだろうとにこやかに微笑《ほほえ》む。

「ここは隆弥さんが建てた家ですけど、僕も友達を招くくらいは許して下さい」

「友人を呼ぶのはいいが、人を選べと言っているんだ。真吾《しんご》ならいいが、あいつは駄目だ！」

確かにここは隆弥が建てたが、浬の家でもある。家に友達を招くなんて、許すも許さないもなく当たり前のこと。

真吾がここに遊びに来たとしたら、隆弥も歓迎する。

真吾は漁師だけあっていい身体をしていたし、何より浬が信頼している。そんな彼に嫉妬を覚えずにはいられないが、それでも彼は浬の大事な幼なじみ。それに彼は、浬のことを純粋に友人もしくは家族として見ていた。だから隆弥も、真吾のことは大切にするつもりだ。

けれど、危険な人物を歓迎することはできない。

「どうして勇司さんと友達になっちゃ駄目なんです？」

「それは……」

あいつもゲイで二人の関係を知っていて、おまけに浬が隆弥との枕営業で仕事を得たと思っているから――なんて、浬の古傷をえぐるようなことは口が裂けても言えない。

「浬こそ。どうしてあいつのことをそんなに気に入ったんだ？」

質問に質問で返してはぐらかすと、意外な答えが返ってきた。

「勇司さんは……勇司さんもゲイだって。だから話が合うっていうか、気兼ねなく話せて楽なんです」

「え？」

勇司が、浬にもそのことを打ち明けたのは意外だった。なぜ手の内を見せるような真似をするのかと思ったら、案《あん》の定《じょう》裏があった。

「僕と隆弥さんを見てて、僕たちもゲイだって気付いたそうです。お似合いだなんて言ってくれて……」

隆弥と似合いだと言われて歓《よろこ》びに頬を染める浬の可愛らしさに、思わず鼻の下を伸ばしてしまいそうになるが、そんな場合ではないと表情筋を引き締める。

手の内を見せることで、相手の懐《ふところ》に入り込む作戦だったらしい。共に同性愛者という秘密を共有できる勇司に、浬はすっかり心を許してしまったようだ。

「彼もいつかはこんな風に、好きな人と一緒に暮らしたいって。それで、僕たちの暮らしを見てみたいと言われたから……」

浬と隆弥を恋人同士ではなく愛人関係と思っているくせに、白々《しらじら》しい。浬に取り入って何をするつもりなのか不安が膨《ふく》らむ。

「あいつがゲイだと分かった上で、部屋へ上げたのか！」

「僕と隆弥さんとの関係を、隠さずにいられる友達は初めてなんです！」

切実に訴《うった》える浬の真剣な眼差しに気圧《けお》され、ぐっと息を詰めた。

思い返せば、浬は隆弥と出会うまで、自分の性癖を誰にも話さず心に秘めていた。

真吾とは仲がいいけれど、それでも言い出す切っ掛けが見つからず、まだ二人が恋人同士だと打ち明けてはいない。

浬にとって、勇司は初めて素の自分で付き合える友達なのだろう。

「だが……それでも、パートナーの俺がいない時に、男を家に上げるんじゃない」

浬の心も身体も独占したい。でもそれ以上に大切にしたいと願っている隆弥の想いを知らぬ浬は、心外だと言わんばかりに眉間《みけん》に皺《しわ》を寄せる。

「……まさか、僕が浮気をするとでも疑ってるんですか？」

「浬のことは疑ってない。だが、相手が強引に迫ってこないとは限らないだろ」

「勇司さんはそんな人じゃありませんから」

だから心配しないでと微笑む。無邪気な笑顔が眩《まぶ》しくて、辛《つら》い。隆弥はヤキモチ焼きだと思われているが、それは無防備すぎる浬のせいでもある。

「悪人ほど、愛想《あいそ》がいいんだ」

誰かに頼られ、必要とされることが嬉しくて、自分を利用しようとする相手を疑いもしなかった、かつての愚《おろ》かな自分を思い出す。

庇護《ひご》を求める小鳥みたいな眼差しで胸に飛び込んできて、望みを叶えれば振り返りもせず飛び去っていく。その後ろ姿を見送るしかない自分の胸には、寂しさと虚《むな》しさだけが残される。

愛した人に利用されたと知った時の心境は、胸の中に凍った湖を抱えた気分だった。

浬が隆弥に恋人ではなく愛人と思われていたと知った時も、こんな気持ちだったに違いない。

浬が傷つくようなことは、もう絶対にしたくない。

それでも、この状況をそのままにしてはおけなかった。

深くため息をついて目元を手で覆《おお》い、そのまま静かに大きな呼吸をくり返すと、浬が心配げに近づいてきた。

「隆弥さん？　具合でも悪いんですか？」

「ああ……少し、目眩《めまい》がする」

「そんな！　大丈夫ですか？」

額《ひたい》に手を当て、具合を窺《うかが》ってくる。熱はないようだが、横になった方がいいと肩を貸してくれる浬にもたれ掛かり、三階の寝室へ移動する。

ベッドに横たわると、隆弥は椅子に掛けたままになっていたバスローブに視線を向けた。

「服を脱いで楽にしたい。そこのバスローブを取ってくれ」

言われるまま隆弥にバスローブを手渡したが、やっぱりパジャマの方がいいかも、とクローゼットに向かおうとする浬の腕を摑《つか》んで抱き寄せた。

「隆弥さん？　寒いんですか？」

ベッドに引きずり込まれても相手を気遣う。隆弥は恋人なんだから警戒しなくて当たり前だが、気分が悪いと言い出したのが勇司だったとしても、浬は相手をベッドかソファに寝かせて介抱《かいほう》しようとしただろう。それを想像しただけで、総毛立《そうけだ》つほど怖気《おぞけ》が走る。

何事かと困惑している浬を組み敷き、シャーリングの柔らかなバスローブの腰紐《こしひも》で、後ろ手に縛《しば》り上《あ》げた。

「ほら、浬はこんなにも無防備だ」

「え？　隆弥さん！　何を？」

浬はほっそりとした見た目だが、筋肉が付いているため力が強い。本人もそれを自覚しているが故《ゆえ》に過信している。こんな風に隙を突かれて拘束《こうそく》されてしまえば、そんなものは無意味なのに。

「ふざけてる場合じゃ……っ、もしかして！」

具合が悪くなったなんて嘘だった、と気付いたようだ。ここまでされて、ようやく自分の状況を理解するとは鈍《にぶ》すぎる。

浬の身体を仰向《あおむ》けにして、正面から見つめ合う。

「目眩がしたのは本当だ。君の無防備さに、呆《あき》れて目眩がする」

「だって……隆弥さんのことを警戒なんてするわけないでしょ」

「お友達の勇司さんのことも、警戒しないだろ？」

「でもっ、勇司さんは優しいし、こんなことするわけ――」

「酒に酔っていたとしたら？　男に振られてやけになっていたら？　誰だって、魔が差す時はある」

たたみ掛けると、浬は言葉に詰まって押し黙る。

普段は温厚《おんこう》でも、酒に酔うと乱暴になる人はいる。勇司が酔ったらどうなるかを知らない浬には、そんなことないと言い切ることが出来ないのだろう。

「こんなに可愛くて、きれいで、どうして自分が何もされないなんて思うんだ？」

頬に手の甲を滑《すべ》らせ、親指で唇をなぞる。それだけでビクリと身体を強《こわ》ばらせる、敏感な浬。これを他の男に知られたくない。本当なら、誰の目にも触れさせたくないほどなのを我慢しているのに。

もどかしさで、火を飲んだように胸が熱くなる。

「僕にそんなことを言ってくれるのは、隆弥さんくらい――」

「今まで運がよかっただけだ！」

まだそんなのんきなことを言う浬のシャツをたくし上げて、露《あら》わになった胸に舌を這わす。

びくんっと身体を震わせた浬は、縛《いまし》めを解《と》こうともがく。

「た、隆弥さん……これ、ほどいて下さ……あっんっ」

「君は力があるから、何かあっても反撃できると思ってたのかもしれないが、どうだ？　逃げられないだろ？」

戸惑い懇願《こんがん》する浬を無視して、かっちりと引き締まった胸筋に舌全体を押しつけて舐《な》め回《まわ》し、手では肉の薄い脇腹を撫でると、ざわざわとした感覚に浬は肌を粟立《あわだ》たせる。

舌と指の腹で、胸の色づいた部分を丸くなぞる。すでに充血して赤味を増した、食べ頃の果実みたいな中心部に齧《かじ》り付《つ》きたいのを我慢し、ひたすら肌を味わう。

感じやすい部分をわざと避ける隆弥に、浬はじれったそうに腰をもぞつかせる。

「やっ……た、隆弥、さん……もっと……気持ちのいいとこ、触って」

隆弥はよく、浬が自分の口からどうして欲しいかねだるまで浬を焦《じ》らす。

でも今日は、素直にねだられても無視して無言のまま自分勝手に進める。胸元から腹筋へと愛撫を移し、ズボンの前をくつろげる。そのまま脱がして下着に触れると、先走りだけでもう濡れていた。

「や、もう……」

焦らされることに興奮してそんな状態になった恥ずかしさに、顔を背《そむ》ける浬の腰を片手で浮かせて、下着もはぎ取る。

シャツは、腕を拘束しているため脱がせられない。首元まで捲《まく》り上《あ》げる。

上は着たまま、下半身だけ晒《さら》している姿は、倉庫で愛し合っていた頃を思い出させる。時間を気にして、その分濃厚《のうこう》だった逢瀬《おうせ》が脳裏《のうり》によみがえり、息が荒くなる。

後ろ手に縛った腕が痛くならないよう浬の上半身を起こし、背中に枕をあてがいヘッドボードに半分もたれた状態で座らせた。

大きく開いた足の膝を立てさせ、浬に自分自身の昂《たか》ぶりを見せつける。

「や、やだ……隆弥さん。これ、外して……」

浬は束縛から逃れようと肩をもぞもぞ動かすが、柔らかなシャーリングの紐はしっかりと浬の自由を奪っている。

解放を求める浬を無視し、隆弥はサイドボードに入れてあるローションを取り出す。それを浬の腹の上に出すと、冷たさに浬は小さく息を呑み、一瞬身を堅くした。

強《こわ》ばりを解《ほぐ》すみたいにローションを手のひらで腹に塗り広げると、ぬるぬるとした手が肌を這う感触に、浬は小さく息を吐く。

隆弥は身体から力が抜けた浬の、双丘《そうきゅう》の谷間に滑《ぬめ》りに包まれた指を差し入れる。

「あんっ」

敏感な部分を触られ、浬が甘い声を上げて再び身体を強ばらせる前に、窄《すぼ》まりに中指を滑《すべ》り込《こ》ませた。

その指を、ゆっくり丹念《たんねん》に抜き差しする。

深く浅く蠢《うごめ》き探るくせに、浬が一番感じる場所はかすめるだけ。

「……やあ……な、んで……」

単調な刺激をくり返すと、浬は羞恥《しゅうち》に頬を染めながらも、快楽を求めて自分から腰を揺らしはじめる。

だが隆弥はそれを許さず、片手で浬の腰を捉《とら》えて動きを封じる。

「あっ、やっん、んーっ……」

物足りない刺激に、無駄のない美しい身体がシーツを波立たせて悶《もだ》える姿に、神経が焼き切れそうなほど興奮する。だがペースを崩さず、中指一本だけの緩やかな抜き差しを続けた。

小さな刺激が休みなく滴《したた》る水滴みたいに、徐々に浬の身体を快楽で満たしていく。

それでも達するには足りない柔《やわ》な愛撫に、浬は荒い息を弾《はず》ませて隆弥を見つめた。

「はっ、は……隆弥、さん……もう、お願い……して。入れて……隆弥さんの、欲しい」

潤《うる》んだ眼差しを向けられ、自分を求める声だけで隆弥も達してしまいそうだったが、腹に力を入れて堪《こら》える。

「……浬」

「あっんっ！」

それでも愛しさを堪えきれずに、中指を深く突き入れて名前を呼ぶと、浬は弾けるように一気に達した。

限界まで我慢した精液は、浬の胸元まで飛び散る。それを舐《な》めとりながら、今度はすっかり熟《う》れた乳首を舌で愛撫する。空《あ》いた片方も二本の指で挟んで柔らかくもみほぐす。

「やっ、あっ！　だ、め……もう、もう少し、待っ……んんーっ」

達したばかりでさらに感じやすくなっている鋭敏《えいびん》な尖《とが》りを、手と舌で嬲《なぶ》られて浬は背をしならせた。

すべてきれいに舐めとると、今度は隆弥が後ろから抱きしめる体勢で座らせる。

往生際《おうじょうぎわ》悪く足を閉じようとする浬の足に、自分の足を絡めて無理矢理開かせ、ほどよく筋肉のついた太ももの内側を撫でる。

「はっ！　うっ……」

隆弥の与える刺激で、萎《な》えていた中心がピクリと反応するのを後ろから鑑賞する。満足げに忍び笑いを漏らすと、見られているのに気付いた浬は前屈《まえかが》みになって隠そうとする。

その首筋に腕を回し、強引に上半身を起こした。

「た、隆弥、さん？　隆弥さん！」

乱暴に扱われ、隆弥の顔も見えず声も聞けない状況に浬が怯《おび》えていると分かった上で、敢えて隆弥は無言を貫《つらぬ》く。呼びかけに応《こた》える代わりに、耳たぶに軽く歯を立てた。

「あっ……う……隆弥さんってば！」

頭突《ずつ》きしようとしてきた浬に、思わず吹き出してしまう。

それに怒ったのか、浬はさらに身体全体をよじって隆弥から逃《のが》れようとする。

「いっ！　……痛い！　いやっ、いた……やだぁ……」

自分から逃げるなど許さない。さっきまでの優しさを捨て、前に回した手で充血した両方の乳首を強くつまみ上げる。浬が大人しくなるまで、先端に爪を立てたり、突起《とっき》を指の平で強く押し潰す勢いでこね回した。

「や、う……も、やぁだ……う……っく」

抵抗をあきらめてすすり泣く浬の乳首を、今度は優しくあやすように撫でる。左手で軽く胸の尖りをつまみながら、股間《こかん》に回した右手は勢いよくまだ勃起《ぼっき》しきらない茎《くき》を扱《しご》く。根元からカリの部分まで擦《こす》り上《あ》げ、何度かに一度だけ先端の窪《くぼ》みを指の腹で撫でると、そこからどんどん蜜《みつ》が溢れてくる。

「あっ、あーっ、あっんっ、あんっ……や、ふ……うー」

硬さを取り戻して脈打つほどになっているのを、さらにスピードを上げて扱くと、滑《ぬめ》りにくちゅくちゅといやらしい音まで加わってくる。

浬の熱い嬌声《きょうせい》と淫《みだ》らな音に、隆弥もつい息が荒くなる。

「ふあっ、……ふ……あっん！」

首筋に掛かる、隆弥の息にも反応してしまうほど全身の皮膚が敏感になったのだろう浬は、ぶるりと身体を震わせてまた絶頂を迎えた。

肩を弾ませて荒い息をくり返す身体をベッドに横たえてやると、ほーっと長い息を吐いて浬は力を抜いた。

俯《うつぶ》せにして手首を縛っていた腰紐を解いても、反撃する気力すらないのか、浬は自由になった手でぎゅっとシーツを摑む。

それを見た隆弥は、自分でも信じがたいことだが、浬が縋《すが》るシーツに嫉妬した。

「……え？」

シーツに突っ伏している浬とベッドの間に手を差し込むと、浬はまさかという表情で肩越しに隆弥を振り返った。

「うそっ、もう……もう嫌！　放して……はな、あっあぁ！」

そんなにシーツが好きか、と萎えきった性器をシーツになすり付けながら擦る。

浬は身体を起こして逃げようとするが、腕に力が入らないらしい。肩から崩れるようにベッドに突っ伏した浬にのしかかり、首筋に噛みつく勢いでキスして動きを封じる。

「や！　あぁっ……やだ……も、許して……お願い、も……あう……」

指先が白くなるほど強くシーツを摑んで快楽に耐える浬を、隆弥は翻弄《ほんろう》し続けた。


「浬……」

名前を呼んで、耳たぶを甘嚙みしても反応がないほど、疲れ切った浬は深く眠り込んでいる。

何度も、浬だけを執拗《しつよう》にイかせた。透明な滴《しずく》が一筋零《こぼ》れる程度で、まさに精巣《せいそう》が空っぽになるまで抜いたはず。

最後はもう、浬は喘《あえ》ぎ声も出せずに戦慄《わなな》くばかりだった。

お湯を汲《く》んできてタオルで浬の身体を拭《ふ》き清《きよ》め、風邪を引かないようしっかり布団を掛けるとベッドを離れた。

シャワールームで服を脱ぐと、隆弥は深い深いため息を漏らした。

パンツの中がぐしょぐしょに濡れている。おまけに暴発しただけでは飽き足らず、まだ自己主張している自分に呆れるしかない。

「何をやっているんだか……」

無理矢理に、浬が嫌がることをした。だけどそれは、警戒心を持って欲しいから。そこに自分の欲求を持ち込みたくなかった。

とはいえ、シャワーを浴びつつさっきの浬の痴態《ちたい》を思い出しながら自己処理をすると、虚《むな》しさが押し寄せる。

壁のタイルに額をつけ、ひとしきり落ち込む。

どん底まで落ち込めば、後は浮上するしかない。いつまでもこうしていても仕方がないと頭を切り換えて部屋へ戻ると、寝かしつけた時と変わらぬ姿で眠っている浬に安心する。

ベッドに入り、ぐったりとされるがままになる浬の身体を抱きしめた。

束縛して嬲るなんて、ひどいことをしたと思う。

それでも、これくらい嫌な思いをしなければ用心してはくれないだろう。浬が他の男に警戒心を持ってくれるなら、たとえ憎まれてもやるしかなかった。

目を覚ました浬がどんな反応を見せるか、不安に胸を締め付けられて思わず抱きしめる腕に力がこもる。

どれほど抱きしめても足りないほど愛《いと》しい。このまま腕の中に閉じ込めておければいいのに、なんて愚《おろ》かなことを願ううちに、隆弥も眠りに落ちていった。

「……かい、り？　……浬！」

どれくらい眠ったのか、ふと意識が覚めたその時に、腕の中が空っぽなのに気付いた隆弥は、音を立てて血の気《け》が引くのを感じた。

夜は同じダブルベッドで眠ることに決め、互いの個室にはベッドを備えていなかった。でも念のため浬の部屋をのぞいてみたが、姿はない。

階段を駆け下りると、ソファに不自然な盛り上がりを見付け、ほっと安堵《あんど》の息を漏らす。

浬はリビングのソファで、バスタオルを被《かぶ》って眠っていた。

「浬……」

隆弥が来たことに気付いてか、元々眠っていなかったのか、浬は起きてはいるらしいが頑《かたく》なに目を閉じたままだった。

床に膝《ひざ》を突いて顔を覗き込んで髪を撫でると、浬は閉じていた瞼《まぶた》をさらにぎゅっと強くつぶりなおす。

「こんな所で寝ていたら風邪を引くぞ」

声を掛けても起きてくれない浬を、抱き上げてベッドへ連れ戻そうかとも考えたけれど思い直す。

鍵の掛かる一階の応接室のソファではなくここで寝ているのは、葛藤《かっとう》の末の妥協点。一緒に寝たくないほど怒ってはいるが、顔も見たくないほどではないということだろう。

隆弥は一旦その場を離れると、寝室から取ってきたタオルケットを浬に被せた。

「寒くないか？」

すっぽりタオルケットで包み込んだ浬の髪を梳《す》くと、浬は辛《つら》そうに眉根を寄せながらだが、頷く。今夜はそっとしておこうと立ち上がれば、離れる気配を察してか、浬が固く閉じていた瞼を開いた。

「……ん？」

不安げに見上げる瞳を優しく見つめ返すと、物言いたげに小さく開いた唇は、しかし一言も発することなく再び閉じられた。

普段の浬は、自分が悪かったと思えば素直に謝ってくる。でも今日は何も言ってくれない。拘束されれば逆らえない。物理的な刺激を与えられれば、嫌でも身体は反応してしまう。それを隆弥に実証されて、自分の考えの甘さは認めざるを得ないだろうに。

それでもあんなやり方は納得できなかったのか、友達を疑われたことが許せないのか。

言葉だけの謝罪も、人間関係を円滑にするにはある程度有用だ。けれど今、浬も隆弥もそんな上っ面の和解を望んではいない。

だから隆弥も、謝罪の言葉を口にすることはできなかった。

互いが互いを想い合っているのは分かっている。なのに上手くいかない。

迷い、懊悩《おうのう》、憤り――いろんな想いが渦《うず》を巻き、その中で愛が溺《おぼ》れている。
渦の中で浮きつ沈みつしながらも確かにある愛の、摑み方が分からない。
浬を残して一人きりで寝室に戻ると、居心地よくしつらえた寝室も寂寞《じゃくまく》の枢《とぼそ》に感じる。
思えばこのベッドで、一人で眠るのは初めてだ。同じ家の中にいるのに、心が離れていると
こんなにも寂しい。
広すぎるベッドで、身の置き所に惑う。何度も寝返りを打ちながら眠気を待ったが、眠れな
いままに窓の外が白《しら》むのを見た。

朝になり、隆弥がいつも起きる時間に階下へ降りると、浬の姿はすでにソファになかった。
窓の外から工場を見れば、シャッターが開いて始業の準備が始められている。
隆弥も自分の役割を果たそうと、二人分の朝食の準備に掛かった。
今日のメニューは、イングリッシュマフィンに、スクランブルエッグとソーセージ。それか
らトマトと、レタスを千切《ちぎ》っただけのサラダ。偶然だが、浬の大好物のメニューだ。
時間通り戻ってきた浬は、テーブルに着くと「いただきます」と言ったきりで、こちらも話
しかける切っ掛けも内容も思いつかず、互いに会話はなかった。
浬からいつもの覇気《はき》は感じられないけれど、残さず食べてくれた。体調を崩すことはなかっ
たようで、それには取りあえず安心する。

出社する隆弥に、浬は「いってらっしゃい」は言ってくれたが、キスはしてくれなかった。時間が押してバタバタ出かけた日ならともかく、おはようのキスもいってきますのキスも、どちらもないまま出かけるなんて滅多《めった》にないこと。

忘れ物をした気分のまま車に乗り込むと、桜の香りが鼻腔《びこう》をくすぐる。浬が「桜餅《さくらもち》が食べたくなる」と言うその香りは、隆弥が企画した国産の消臭芳香剤《しょうしゅうほうこうざい》からのもの。浬のお気に入りの香りで意識を覚醒させ、通勤ラッシュで混雑しはじめた道を安全運転で車を走らせる。

昨夜は眠れない徒然《つれづれ》に、この事態を打開する方法を考えた。

浬は意固地《いこじ》なところがあるから、無理矢理にこじ開けようとしても、さらに心を閉ざすだけだろう。浬を説得するより、勇司が何を企んでいるかを暴《あば》く方がいい。

そう判断し、あの男のしっぽを摑んで浬から引きはがしてやる、と心に誓《ちか》った。


勤務時間中は仕事に集中しようとして、家を留守にする言い訳に使えるちょうどいい業務があったことを思いだした。

隆弥は仕事の合間を縫《ぬ》って、着々と準備を進めた。

すべての手はずを整えて家に帰ると、浬もすでに仕事を終えていて、夕飯の支度をしてくれていた。

怒っていても、するべきことはきちんとしてくれる。そんな浬のため、隆弥も出来うるすべてのことがしたい。夕飯の席に着くと、隆弥は早速計画を実行に移すための布石《ふせき》を打つ。

「急だが、明日から福岡営業所に出張することになった。どれくらい掛かるかはっきりとは分からないが、二、三日で片がつくと思う」

「……ずいぶん急ですね」

「ああ。だがクレーム対策は早いほうがいいからな」

今までも日帰りの出張はあったが、泊まりは初めてだ。それに、こんなに急に決まったことはない。訝《いぶか》られて当然だが、外泊すれば勇司のことを調べに出かける時間がたっぷり取れる。クレームはいつどこでつくか分からないからと、あくまでもただの出張だと強調する。

福岡支部の倉庫での製品管理に問題があるようで、商品のパッケージに汚れがあると複数のクレームが来て、視察に行って改善をする必要が出た。

これは事実なので、よどみなく説明できた。

本当は四日ほど前に決まったことで、現地へ行くのは隆弥の部下だが、彼に土産《みやげ》を買ってきて貰えばいい。浬はあまり酒を飲まないが、食べ物は甘い物も辛《から》い物も好きだ。

「お土産は何がいい?」

明るい調子で、定番のしっとり甘い饅頭《まんじゅう》や明太子《めんたいこ》味のせんべいの名前を挙《あ》げると、浬も微笑を浮かべ、どっちも食べたいと遠慮がちにねだった。

この程度のおねだりに遠慮を感じられては、名物すべてを買い揃《そろ》えたくなる。

しかし、今はそんなことをしている場合ではない。両方買ってくると約束し、出張という名目の調査に出かけるため、出張用の鞄《かばん》に着替えを詰め込んだ。


『雨が止《や》んでよかった。これから食事してくる。』

そんな短い文章に、出張へ行った部下に送らせた、中洲《なかす》の屋台の写真を添付《てんぷ》して浬《かいり》にメールをした。今日の福岡は、午前中は雨だった。そんな情報も交えて信憑性《しんぴょうせい》を出す。

しばらくすると、浬からの返信が来る。

屋台なんて楽しそう。自分も行ってみたいから、おいしそうなお店を探しておいて、という内容に、どこで何を食べたかも部下から聞いておかなければと忘れないようメモしておく。

浬を騙《だま》す後ろめたさを力に変え、早く決着をつけようと隆弥《たかや》は行動を開始した。

街を照らす明かりが太陽からネオンへ変わると、世界も一変《いっぺん》する。

平日とあって、さほど人は多くはないが雰囲気だけは華やかな繁華街を、隆弥は足早に歩く。

空の暗さを忘れるほどのケバケバしい光に心を躍《おど》らせたのが、もうずいぶん昔のことに感じる。それでもまだ、道順を忘れるほどのことはない。

「やーだ、タカちゃん。久しぶりぃ」

一頃は通い慣れた店の扉を開けると、ちょうど入り口付近の席で接客をしていた、タイから来た陽気なニューハーフのノイちゃんが迎えてくれた。

このバーは、ゲイだけでなくニューハーフの店員もいる。マスターは元フレンチのシェフだったが、職場でゲイということで差別的な扱《あつか》いを受け、性的マイノリティーでも楽しく過ごせる場所を作ろうとこの店を開いた。

だからただ出会いを求めるだけのゲイバーとは違い、明るいが開放的すぎない雰囲気で、美《う》味《ま》い酒と料理を楽しめる。トイレや物陰で事に及ぶような客はつまみ出されるおかげで、ガツガツした輩《やから》は来ない。酒を楽しみながら気の合う相手を探すには打ってつけで、隆弥が一番気に入っていた店だ。

日に焼けた褐色《かっしょく》の肌に、金色のチャイナドレスを纏《まと》った煌《きら》びやかなノイちゃんの姿に、夜の街に帰ってきたと実感させられる。

「ご無沙汰《ぶさた》してて悪いね、ノイちゃん」

この店に通っていた頃、ノイちゃんにはいろいろと世話になった。

姉御肌《あねごはだ》なノイちゃんは、この界隈《かいわい》で働く外国人達の相談役みたいな存在だ。だから情報通な上に話題が豊富で面白い。

『ＳＡＫＩ』ではタイにも工場を持っている。隆弥は直接関与してはいないが、知っておいて損はないだろうと、タイの風習や文化などを教えて貰《もら》ったりした。タイ人は恋愛に関しては情熱的だそうで、痴情《ちじょう》のもつれでアソコをちょん切られるなんて事件も珍しくないと聞いた時は、睾丸《こうがん》が縮《ちぢ》み上《あ》がったものだ。

「カワイイ彼氏としっぽりやってるって聞いてたけど、ふられちゃったのぅ？」

可哀相《かわいそう》に、と逞《たくま》しい両手でがっしりとハグされ、シリコンの入った胸と、拝《おが》みたくなるほどと噂される巨根《きょこん》を押しつけられて、苦笑いが漏《も》れる。

抱きついたノイちゃんに押し倒されるようにして、空《あ》いていた壁際の席に座らされた。

「さ、心ゆくまで飲んでグチんなさい。朝まで付き合っちゃうわよ」

「いや。今日はちょっと人を探しててね」

「イヤだわ。もう男漁《あさ》り？」

風を起こしそうなつけまつげを瞬《しばたた》かせて睨んでくるノイちゃんに、悪戯《いたずら》っぽく微笑む。

「違うよ。恋人とは別れてない。俺の大切な人に手を出そうとする、不埒者《ふらちもの》と対決に来た」

「やぁん、カッコイイ」

濡れちゃうわと腰をくねらせるノイちゃんに、協力を頼む。

なるべく偏見《へんけん》の入らないよう、眼鏡を掛けた神経質そうな細身のイケメンだ、と探している相手の特徴を伝える。

「クールな眼鏡ガイって、あんな感じかしらぁ?」

意味ありげにノイちゃんが顎《あご》をしゃくって指したカウンターの端の席に、勇司《ゆうじ》の姿があった。

工場での嫌味で意味深長《いみしんちょう》な態度と噂話は、隆弥をおびき出す為のものだったのだろう。そうして隆弥が一番気に入っていたこの店で、待ち構えていたらしい。

勇司の方も隆弥に気がついたようで、後ろを振り返って微笑む。浬の前では可愛く見えた片えくぼも、照明を絞《しぼ》った薄明かりの店内では、企《たくら》みが秘められているように見えた。

「彼、この前からタカちゃんのこと聞き回ってたみたいよ?」

モテる男って罪ね、と軽口を飛ばしていたノイちゃんだったが、隆弥の険《けわ》しい表情に気付いて真顔になった。

「ちょっと……騒ぎはごめんよ?」

「大丈夫。店に迷惑を掛けるようなことはしないから」

ケンカはダメよ〜アタシのために争わないで〜、と懐《なつ》メロの節《ふし》で歌うノイちゃんに見送られ、隆弥もカウンターに向かった。

「行動が早いですね」

もう少し待たされるかと思いました、と隆弥の行動を見透《みす》かしていたことをほのめかす。

勇司の嫌味な言葉に翻弄《ほんろう》されないよう、さっきのノイちゃんの歌を脳内で再生させて心を落ち着かせる。

「俺のことを知っていたってことは、おまえもこの辺りの店の常連ってことだろ」

「『SAKAKI』の仕事を受注してる宇津木《うつぎ》モールドからメンテの依頼が来た時に、ここであなたの噂を聞いたことを思い出してね。また面白い話が聞けるんじゃないかと思って来てみたんです」

隆弥のことを調べていて、浬との関係を嗅《か》ぎ付《つ》けたということか。

「あなたと仲良くするといいことがあるのは分かったけど、それは無理というか、ごめんです。だけど、浬さんとなら——」

「浬に何をするつもりだったんだ？」

つかみかかりたい気持ちを抑《おさ》え、視線で貫《つらぬ》くつもりで睨みつけた。

「あなたを利用してる浬さんを、今度は俺が利用させて貰おうと思っただけです」

そんなに怖い顔しなくても、と言いたげに肩をすくめる勇司に、額《ひたい》の血管が切れそうになる。だがここで手を出せば、悪者になるのは自分だ。怪我などさせれば、浬に何を吹き込まれるか。それを思えば耐えられた。

「浬が俺を利用してるだと？」

「噂ではそうなってました。坂城《さかき》さんは、仕事欲しさに取り入ってきた美青年に、骨抜きにされたってね」

隆弥自身が初めはそんな誤解をしたくらいだから、人のことは言えないが、坂城の名に集《たか》るハイエナ共と、浬はまったく違う。

隆弥は何を言われても自業自得《じごうじとく》だが、自分のせいで浬まで悪く言われていたなんて。

そんなひどい噂、浬には絶対に聞かせられない。勇司の口から漏れないように牽制《けんせい》しておかなければ。

「そんな下らない噂を信じたのか？」

「初めはね。だから浬さんに取り入れば、俺も美味《おい》しい仕事が貰えるんじゃないかと思って。でも実際に浬さんと会ってみたら、違うと分かりました。浬さんが世間擦《せけんず》れしてないことにつけ込んでものにしたんですね。浬さんは真面目で誠実で——遊び人にはもったいない人です」

「遊んでたのは、浬と知り合う前のことだ」

「だけど、一晩に五人掛け持ちしたとか、両サイドに侍《はべ》らせて交互に楽しんだとか。ろくでもない遊び方をしてたそうじゃないですか」

利用されて捨てられて、一番荒《すさ》んでいた頃の話を勇司に知られ、隆弥は目元を覆《おお》った。

過去の出来事が今の自分を作った。だから自分のすべてを分かって貰うため、隆弥は浬に遊び人だったことは告白していた。

しかし、こんな具体的な話はさすがに聞かせられなくて黙っていた。

これからは浬一筋だから、と遊び人の過去を捨て去って許してもらった。

——もし浮気なんかしたら、隆弥さんのパンツに『浬専用』って書いちゃいますからね、となんだか可愛い脅《おど》され方をした。

あの時の、嫉妬しても愛らしかった浬のことを思い出し、つい笑ってしまった隆弥に、勇司は今までの余裕のある態度を捨て、牙《きば》を剥《む》くように食ってかかる。

「否定しないってことは、事実だったんですか！　尾びれや背びれのついた噂かと思っていたのに……今でも浬さんに隠れて、裏で何かしでかしているんじゃないんですか？」

「浬がいるのに、そんなわけないだろう」

浬さえいてくれれば、それだけで十分だ。強い口調と眼差しで言い切ると、勇司はまだ疑わしげながらも口を閉ざした。

隆弥が遊び人だったことで、どうして勇司がこんなに腹を立てているのか。その理由を推察《すいさつ》して、嫌な予感に襲われる。

この男を早く浬から遠ざけないと、と気持ちがはやる。

「で、おまえの目当ての仕事というのは？」

「『ＳＡＫＡＫＩ』では最近、自社工場で成形《せいけい》もしてますよね？　その成形機関係の仕事を回して貰いたいんですよ」

まどろっこしいことは抜きにして、単刀直入に訊ねると、勇司もストレートに答え、本音をぶちまけてきた。

「いつまでも、クソみたいな設計の機械のメンテをやってるなんてごめんだ。俺はシステムの構築《こうちく》から関わって、独自の技術で生産性の高い機械を作りたいんです」

「おまえ、意外と熱血なんだな」

自分の手で新しい技術を開発したいなんて、向上心《こうじょうしん》がある。少しだけ勇司のことを見直した。

だが勇司は、苦々《にがにが》しい表情で毒づく。

「熱血だとか、そんなものじゃない。こっちには死活《しかつ》問題なんですよ」

技術部なのに設計や開発には取り組めず、外回りのメンテナンスばかり。顧客《こきゃく》には、自分が設計したわけではない機械の不満をぶつけられ、改善案を考えても会社は下っ端《したっぱ》で何の実績もない勇司の意見など聞き入れてくれない。

それでいて、開発の成果を出せていないと社内では低評価。

「開発の仕事ができないままでは、三十代前半で首切り要員にされるのが目に見えてる」

吐き捨てるように言う勇司に、隆弥も表情を曇《くも》らせた。

日本の物作りで、一番コストが掛かるのは人件費だ。だから会社の経営が苦しくなると、開発や改善はなおざりになって、技術者が真っ先に首切りの対象になる。

人を減らして作業を機械化したり、安く人が雇《やと》える海外へ工場を移転させる。そうして技術者や熟練工《じゅくれんこう》の培《つちか》った技術は、次の世代に継承《けいしょう》されることなく消えていく。

こんなその場しのぎのやり方は、腹をすかせた蛇《へび》が、自分のしっぽを食べていくようなもの。

一時は空腹が満たされた気がしても、先に待っているのは破滅《はめつ》。

しかし、視野の狭い経営者にはそれが分からない。

ある程度の歳になった技術者を、業績が出せていないことを口実に責め立てるか、不慣れな営業に回し、自分から退職するように仕向ける。

自主退職させれば、解雇《かいこ》より退職金が安くすむからだ。

卑怯《ひきょう》なやり方だが、違法ではないのでどうすることもできない。

「このまま、使えないやつで終わりたくない。仕事をくれれば、ちゃんと結果は出します」

抜け出せない悪循環の中でもがいている勇司の姿は、かつて仕事を得るために奔走《ほんそう》していた浬のことを思い出させる。

浬も、勇司のこんな一途《いちず》な部分に共感を覚えて親しくなったのかもしれない。

そう考えると、甘いとは思うが突き放す気になれなかった。

「分かった。すぐには無理だが、必ずおまえ指名でセンチュリーエンジニアに発注をかける」

あっさりと進む話に鼻白《はなじろ》む勇司に、代わりに条件があると告げると、勇司もわかってますよと頷く。

「あなたの過去を浬さんにバラしたりしないし、仕事以外ではもう……会いませんよ」

「いや。浬には、このまま友人として接してやってくれ」

「え?」

「浬は、おまえのことを友人だと思っている」

利用されているとも知らずになと吐き捨てると、罪悪感からか、勇司は唇を嚙《か》みしめて俯《うつむ》いた。

「確かに浬さんを利用しようとはしたけど、傷つけたりする気は……」

「浬は学生時代からずっと仕事一筋で、友人と遊ぶ暇もろくになかった。それが性癖を隠すことなく話せるおまえという友人ができて、嬉しかったみたいだ。それが自分を利用しようと近づいてきただけだったなんて知って、傷つかないと思うか？　隠し通せ。浬を傷つければ——全力でおまえを潰す」

静かに淡々と語る隆弥に、ただの脅《おど》しではなく本気だと分かったのか、勇司は息を吞《の》み黙ったまま頷いた。

「それじゃあ、商談は成立だ」

カウンターに視線を落としたままの勇司に背を向け、ノイちゃんに心配を掛けたことを詫《わ》び、今度はノイちゃんに会いに来るからと約束して店を出た。

店の外で肩の力を抜いて空を見上げると、ネオンに霞《かす》む空はどんよりと低い雲がたれ込んでいて、気分まで重くなる。

隆弥も昔、勘違いをして浬をひどく傷つけた。

愛人と勘違いした上に、他の男との関係まで疑った。

本気で浬が山寺《やまでら》と寝ていたと思ってはいなかったが、それでも浬の口から違うと言って欲しくて思わず訊いてしまった。

その自己満足のために、浬をどれほど深く傷つけたか。

怒りに燃え立つ浬は壮絶なほど美しく、そして悲しかった。浬にあんな顔は二度とさせない。

凪《な》いだ春の海みたいに穏やかで、花を愛《め》でる優しい浬でいて欲しい。そのためなら、どんなことでもする。

——たとえ、どんな卑怯なことでも。


勇司との話は予定外に早く片付いたが、部下が出張から戻るまでは帰れない。もう一晩をホテルで無為《むい》に過ごし、福岡土産《みやげ》を手に隆弥が帰宅出来たのは二日後の夜だった。

部下からの報告をまるで自分が見てきたかのように話し、浬と二人で饅頭《まんじゅう》を食べた。

浬は隆弥を疑う風もなく、むしろ楽しげに隆弥の話を聞いてくれた。よほど一人が寂しかったのだろうと思うと、悪いことをしたと胸の辺りがしくりと痛む。

面倒なことはさっさと片付け、また浬と二人の穏やかで楽しい毎日に戻りたいと切実に願う。

そんな想いで、ここ何日間か東奔西走《とうほんせいそう》していた隆弥だが、今日は仕事を抜け出して宇津木モールドの工場に来ていた。

工場はすでに終業時間を迎え、従業員は帰っている。裏口からそっと身体を滑《すべ》り込《こ》ませ、機械の裏に回り込んで中にいた二人の会話に耳をそばだてる。

「——ですから、たわみが出ると箔《はく》がずれるんですよ。……浬さん、聞いてます?」

「ご、ごめんなさい。それで、たわみを出さないようにするには、どうすればいいのかな?」

「さっき、スピードを落とすとたわむって言ったでしょう?」

「……ごめんなさい」

製品の加飾《かしょく》部分の箔が上手く載らなくて、勇司にアドバイスを求めたらしい。

けれど浬は心ここにあらずといった様子で、説明を聞き逃したようだ。

頭を下げて謝る浬に、勇司は顔を窺《うかが》うように小首をかしげ、片えくぼを見せた。

「元気がないですね。具合でも悪いんですか?」

「ちょっと……プライベートでも悩み事があって……」

「お悩み事なら、何でもお気軽にご相談を」

フリーダイヤルの番号でも言い出しそうな陽気な勇司の言い方に、浬は軽く笑ってぽそぽそと話し始めた。

「この前、隆弥さんが出張だって二晩帰ってこなかったんだけど、本当は出張になんて行ってなかったんだ。『SAKAKI』社内の知り合いに聞いたから確かです」

隆弥の嘘はしっかりバレていたらしい。

確かに、突然言い出したし喧嘩してすぐのことだったから、不自然だと疑われても当然だ。浬のためになるべく早く解決しようと、焦《あせ》ったのが裏目に出た。

おまけに忙しさにかまけて、浬が悩んでいたことにも気付いてやれなかったなんて。愚《おろ》かな自分を殴ってやりたくなって、拳《こぶし》を握りしめた。

「嘘をついて外泊するなんて……」

「浮気とかはあり得ませんよ！　俺の目から見ても、坂城さんは浬さんにベタ惚れですから」

隆弥にではなく浬に気を使ってだろうが、勇司に庇《かば》われてなんだか背中がむずがゆい。居心地の悪い思いで話がどう展開するのかを待つ。

「だけど、何でも話そうって約束したのに、どうして嘘なんかついたのか、どこへ行ってたのか気になって」

「坂城さんに直接聞いてみなかったんですか？　どこへ行ってたんだって」

「そんな口うるさいことを言って嫌われたら、どうすればいい？　隆弥さんみたいに素敵な人が、僕なんかと一緒にいてくれるだけで感謝しなきゃいけないのに……どんどん欲張りになって……」

「欲張りって……どの辺が？」

無欲すぎでしょうと呆れているらしい勇司に、心から同意する。

肩を落としてしょげる浬に、勇司も神妙《しんみょう》な面持《おもも》ちで視線を落としたが、意を決したようにすっと顔を上げて浬と視線を合わせた。

「すみません。俺のせいなんです」

「え？　どういう、意味？」

「俺が坂城さんに仕事が欲しいって無理をお願いして……坂城さんはその関係で出かけてたんですよ」

「それなら……そんなの別に、僕に隠れてしなくたっていいじゃない！」

勇司はもっともらしい嘘をついてくれたが、仕事のことならどうしてこそこそするのか。ますます分からなくなった浬は、さらに混乱したらしい。

普段は穏やかで落ち着いた浬の取り乱した姿に、こちらも心を乱され今すぐ飛び出したくなったが、続く勇司の言葉に身体が強《こわ》ばり動きが止まった。

「俺が坂城さんを脅したからです」

「――え？」

「就職前は、今よりずっと便利で使いやすい機械を開発して、お客さんに喜んで貰う……そんなことを夢見てました。だけど外回りのメンテばかりで……。でも自分で取ってきた仕事なら、俺がやらせて貰える。だから坂城さんを脅して、仕事を回してくれるよう要求したんです」

「脅した、って……何？　どんな内容で？」

「それは……その……」

思わず秘密をバラしてしまったが、言うつもりのなかったこと。どこまで話すか考えあぐねてか言いよどむ勇司の言葉を、浬はじっと固唾《かたず》を呑んで待っている。

「それは秘密だと言っただろ？」

もう隠し通すのは無理だろう。そう判断し、隆弥は立ち上がって二人の前に姿を見せた。

「隆弥さん！」

これで貸し一つだと勇司に向かって片頬《かたほ》笑《え》むと、安堵《あんど》とばつの悪さを滲《にじ》ませた目で睨まれて、なかなか気分がよかった。

「……ずいぶんタイミングがいいですね」

「浬の危機には俺が現れることになってるんだ」

本当のところは、浬が勇司に電話をしているのを聞いた小島《こじま》が、隆弥に連絡をくれたのだ。機械についてのことが気になるからと、勇司が工場に来るなら連絡をくれるようパートの女性達に頼んでおいて正解だった。

「二人して何を隠してるんですか！」

何がなんだか分からない展開に、浬の戸惑いは怒りに変わりつつあるようだ。波立つ浬の心を鎮《しず》めるべく、必死で話のつじつまを合わせる。

「こいつが俺が遊んでいた頃のことを聞いて、浬に言いつけるなんて言ってきたんで、仕事をくれてやるから口を出すなと言ったんだ」

「じゃあ、隆弥さんを脅したって……僕のことを、心配して？」

「浬さんのことが心配で……でも、坂城さんを脅して仕事を貰おうとしたのも本当です」

隆弥も勇司も、どう言えば浬を傷つけないですむかに腐心《ふしん》する。

——勇司も、本気で浬を好きになってしまったのだ。

腹の読めない男だが、その気持ちは本物だろう。

なんだかすっきりしない話に、浬は眉間《みけん》に皺《しわ》を寄せっぱなしだった。それでも、二人が自分のことを気遣ってくれているのは通じたようだ。

「もう、僕だけのけ者にはしないで下さいね」

ようやく愁眉《しゅうび》を開いてくれた浬に、肩から力が抜けていく。

怒った浬は美しいが、浬はやっぱり笑顔が一番いい。

早くふたりきりになりたくて、同じように浬の笑顔に見とれている勇司を、さっきの貸しを返せとばかりに追い返した。

「嘘をついて、不安にさせてすまなかった」

「でも、僕のためだったんでしょう?」

「そうだ。だが——」

言い終わる前に、浬が胸に飛び込んできた。

抱きついて胸に顔をすり寄せてくる。その顔を覗き込むと、甘えているというより、安心出来る場所に辿《たど》り着《つ》いたかのような、ホッとした表情をしていた。

「浬……?」

「この前ベッドで……僕ばっかりで隆弥さんは全然……だから、隆弥さんは僕のことを嫌いになったから、してくれなかったのかと思った……」

「あれは! あの時は、加減がきかなくて浬を傷つけでもしたら、と我慢しただけだ!」

乱れた浬の姿を、見ているだけで感じまくって暴発するなんて事態に陥《おちい》っていたのに、とんだ誤解だ。

「でも僕……あんな……縛《しば》られても、興奮しちゃって……」

恥ずかしがりつつも、でもそれは相手が隆弥さんだったから、と念を押されるとますます嬉しくなって、隆弥も素直に告白する。

「俺も興奮した」

「嘘」

「本当だ。興奮しすぎて……あの後、一人で抜いた」

「どうしてそんな……もったいない、こと……」

恨めしそうな目で見られて、鼓動が跳ね上がる。

「あれはただ、嫌でも肉体的刺激からは逃げられないってことを浬に知って欲しかったからしたんであって、同意のないセックスはしたくないから」

「それはまあ……でも、隆弥さんなら……」

「俺は浬を愛してるから、浬に嫌われたら生きていけない」

「隆弥さん……僕もです！」

二人して自分の方がずっと沢山《たくさん》愛してる、なんてバカなカップル丸出しの言い争いをしながら寝室に突進し、その勢いのままベッドへなだれ込む。

「今日は、僕にもさせてださいね」

上を取った浬は、隆弥をベッドに押しつけながら悪戯な目で見つめた。

されるだけなんて嫌、自分もしたい、と唇に人差し指を当てる。可愛らしくもいやらしいお願いに、それだけで股間が疼《うず》くほど興奮する。

お互いのズボンを、まるでどちらが先に脱がせるか競《きそ》っているみたいに脱がせ合う。

正直なところ、各自が自分で脱いだ方が早いだろうけれど、手間取るもどかしさすら興奮剤になる。

「こら！　浬」

隆弥の方が、先に浬の服を脱がし終えた。先に脱がしたんだから自分の勝ちと思ったが、浬の作戦勝ちだった。

まだズボンが足首のあたりに引っかかって動きづらい隆弥の前に膝《ひざ》をつき、すでに昂《たか》ぶりはじめていた物をぱくっと咥《くわ》えた。

隆弥はもそもそと片足ずつズボンを脱ぎ、ベッドの下に蹴《け》り落《お》とす。

その間も浬は、先っぽだけ咥えて浅い抜き差しをくり返し、親指で隆弥の裏筋をなぞる。

手を放しても俯かないほど十分な硬さが出たのを確認すると、自立したそれに頬ずりしながら、後ろの袋を中の物を確かめるみたいに柔らかく揉《も》みしだく。耐えきれずに漏れ出た先走りが茎《くき》をつたうのに気付き、ペロペロ舐《な》める。

初めの頃は、熱意は認めるが拙《つたな》かった舌捌《したさば》きも、今ではずいぶん上手くなった。

「は……浬……」

あまりの気持ちよさに、昇天《しょうてん》しそうな気分でうっとりと天井を見上げる。

身体が浮き上がるような恍惚感《こうこつかん》に、限界が近づいたのを感じ、隆弥の全部を口内に収めて奉仕する浬を見つめてその髪を梳《す》くと、浬は奉仕を続けながら視線だけ上に向ける。

こんなに上手になったのに、気持ちよくなってくれているかと不安げに見上げてくるのは相変わらずで、初々《ういうい》しさを失わない。

そんなに可愛いから、我慢が効かなくなって押し倒してしまうのだ。けれども今日は浬の好きにさせたくて堪《こら》える。

「ふっ……」

息を漏らせば、それに応《こた》えるように浬は舌全体で亀頭《きとう》を丸く包み込むように愛撫し、喉《のど》の奥までぐっと飲み込む。

「んっ……」

喉が詰まって苦しさで息が鼻から漏れても、放そうとしない。健気《けなげ》さが愛しくて、さらに口内のものが大きさを増してしまい申し訳なくなる。

「浬……もっと、もっとだ」

ねだる振りで頭をつかんで、浅い部分での抜き差しに変えさせる。何度も何度も強く唇をすぼめて吸い上げられると、一気に限界を迎えた。

先端にキスした状態で、くっと浬ののど仏が上下する。

飲み干してくれたことが嬉しくて、優しく髪を撫でる。

「すごくよかったよ、浬。このお返しは、どうしようか」

「顔が見たいです……隆弥さんの、気持ちいい顔を見ながら、したい」

さっき達する瞬間を見られなかったから、と残念そうに言われると柄にもなく気恥ずかしくなり、照れ隠しにさっさと次の行動へ移る。

「じゃあ、この格好でしよう」

跪《ひざまず》いていた浬を膝の上に座らせ、期待に色づいた小さな突起《とっき》を鼻先で小突《こづ》くと、浬はそれだけで声を上げて背中を反《そ》らす。

「んっ……隆弥、さ……あっん」

「浬」

感度のいい身体を抱きしめて、甘い声を漏らす唇を味わう。

舌を差し入れると、迎え入れた浬も同じくらい熱い勢いで舌を絡ませてくる。濡れた音を立てて互いに貪《むさぼ》り合《あ》う。

キスしながら、さっき出しておいたローションを取り、自分の手の上にたっぷりと出す。それを浬の後ろに回し、双丘《そうきゅう》の谷間にするりと滑り込ませた。

「あっ、んぅ！」

中心に触れただけなのに、蕩《とろ》けそうな声を出す浬を、溶かすつもりでゆっくり丹念《たんねん》にローションを塗り込める。

浬は隆弥の頭を両手で抱き、隆弥の首筋や耳にキスをしてくる。

だが、後ろへの愛撫を続けていくと、そんな余裕もなくなったのか、ぎゅっとしがみついて荒い息をくり返すだけになる。

「はっ……んっ、も、もういい……いい、からぁ……隆弥さんの、おっきいの、いれて」

三本難《なん》なく入るようになる頃には、浬の窄《すぼ》まりも心も蕩けて、息を弾ませ素直に欲しいものをねだってくる。

ろれつの回らない舌っ足らずな言い方まで可愛い。

浬の腰を摑んで持ち上げ、浬の痴態《ちたい》にすっかり熱と硬さを取り戻した自分の性器を窄まりにあてがう。

「あ、はっ……んうっ」

つぷっと先端が入ると、浬は自分から腰を落として隆弥のものを銜《くわ》え込《こ》んでいく。

「浬……もっとゆっくりで……」

「や、いや……いや」

止めても、浬は強引に進める。求められる事は嬉しいが、痛い思いはさせたくない。浬の痛みが少しでも紛《まぎ》れるよう、苦しげに眉根《まゆね》を寄せる浬の、汗で額《ひたい》に張り付いた髪を梳き、唇や首筋にキスする。

「入っ、た……隆弥さんの、隆弥さん、全部、僕の……」

「そうだ。全部、浬のだ」

根元まで銜え込むと、浬はほうっと長い息を吐いた。それで痛いほどの締め付けが緩み、痛気持ちよかった感覚が、気持ちいい一色になる。

このままめちゃくちゃに腰を突き動かしたくなったが、今の体勢では腰が使いづらいし、浬の負担も大きい。

一瞬だけ堪え、浬の背中を支えながら前のめりになってベッドへ押し倒した。

「浬……浬……」

「あっ、あっんっ、いい！　気持ち、いい……隆弥さん、もっと、いっぱい……もっと、して」

名前を呼びながら、ひたすら腰を使って欲望を打ち付けると、浬も自分から隆弥の腰に足を絡《から》めてねだってくる。

ベッドの中での浬は欲張りだ。それが、本当に肩書きも何もない、隆弥本人を求めてくれているようで嬉しい。境目が分からなくなるほど繋《つな》がりたい。睾丸が浬のお尻に当たるほど深く突き入れ、腰を使ってかき回す。

浬はこうされるのが大好きだ。自《みずか》らも腰を揺らして、シーツを波立たせる。

「あっ、あ、あんっ……あん」

浬が漏らす、鼻に掛かった可愛い声も気持ちを昂ぶらせる極上の音楽になる。

腰の動きに合わせて声が漏れるのか、声に合わせて腰を使っているのか、分からなくなるが、どうでもいい。

「は……浬、浬……」

「んっ、たか、や……隆弥、さんっ」

互いの顔を見つめ、名前を呼んでその合間に口づける。二人が互いにたかめあい、同じ瞬間を望んでいる。腹で擦られて、もう達したのかと思うほどべたべたに濡れた浬の前を扱《しご》くと、浬はさらに激しく腰を揺らす。

隆弥が与える快楽に、素直に流される浬が愛しい。

「ふ……か、いり……もう……」

「うんっ、うん、も……イっちゃう！　隆弥さんっ！」

戦慄《わなな》きながら達した浬の奥深くに、胴震《どうぶる》いと共に熱く滾《たぎ》るものを放《はな》った。すぐには離れがたくて、ゆるゆると腰を使い自分の放った欲情の証《あかし》を浬の中に塗り込める。浬も息を弾ませながら、隆弥の頭をかき抱《いだ》き、汗ばんだ髪を指で梳く。

お互いに散々《さんざん》余韻《よいん》を楽しんでから、ようやく繋がりを解《と》いた。

ベッドに背中を預け、胸に浬を抱く。これが隆弥にとって、一番心穏やかで満ち足りた気分になれる時間だ。

そう告げると、浬も自分もだと同意してくれる。

「行きたいところも、やりたいこともいっぱいありますけど、僕の一番の望みは、隆弥さんとずっと一緒にいて……毎年お花見をすることです」

「浬……」

小さな願いが、心に響く。愛しさのままに抱き寄せると、隆弥の胸に頬をすり寄せる浬に、なおさらに愛しさが増す。

浬のためなら何でもしたい。どうすればこの気持ちを浬に伝えることが出来るか、思考を巡《めぐ》らせる。

隆弥は、浬を抱きながら、浬のためにできることを考える幸せに酔った。


桜がなければ花見はできない。だから代わりに、屋上でビアガーデンをしようと思いついた。工場の周りの建物はほとんど平屋《ひらや》か二階建てで、三階建ての屋上は人目を気にせずくつろげていい。屋上にはテーブルとライトも設置《せっち》されていたので、今回は特に会場設営はせずケータリングだけを頼んだ。

枝豆に唐揚《からあ》げなど各種のおつまみに、ビールサーバーとビアジョッキ。二人だけの貸し切りビアガーデンにはこれだけ揃《そろ》えば十分だった。

八月に入ってからずっと熱帯夜が続いているが、それでも夜風に吹かれれば多少の涼《りょう》は感じられる。浬と二人、ビアジョッキを片手に夏の夜空を楽しむのは、花見とはまた違った趣《おもむき》があってよかった。

だが楽しい一時に、浬はふっと寂しげな表情を見せた。

「浬？」

「勇司さん……今頃どうしてるでしょうね」

二人だけで楽しんでいることに、罪悪感を覚えたらしい。他の男のことなど口にして欲しくなかったが、勇司は浬の友達だ、と嫉妬心をねじ伏せる。

その勇司を、隆弥が遠くに追いやった。一応は申し訳なさそうな顔をする。

「せっかく友達になれたのに、悪かったな」

勇司はいけ好かない奴だったが、根っからの悪人ではなかった。功《こう》を焦《あせ》って分別《ふんべつ》を失ってしまっただけ。自分の精神衛生上、そう思っておくことにする。

「寂しいですけど、彼にとってはチャンスです。応援してあげないと」

——勇司は今から十日前、タイへと旅立った。

勇司のために隆弥が用意したのは、新しい素材を使う成形機《せいけいき》の開発。それから、工場でのスタッフへの技術指導。

勤務地はタイの工業地帯にある、『SAKAKIタイ工場』だ。

センチュリーエンジニアを通してこの仕事の打診《だしん》を受けた勇司は、怒気も露《あら》わに隆弥に会いに宇津木モールドへやってきた。

「上手《うま》く厄介払《やっかいばら》いしてくれたものですね」

『浬に友人として接してくれ』なんて、油断させるための甘言《かんげん》だったと勇司は思ったようだが、そうじゃない。友人づきあいなら歓迎する。ただ友人のラインを超えない、物理的距離をもって欲しいだけだ。

「優秀な技術者を派遣して欲しいと頼んだら、俺が指名する前におまえの名前が挙がったぞ」

「……本当ですかねえ」

勇司は疑り深い眼差しを向けてきたが、それでも自分が社内で認められていたのだと知り、嬉しさが口元に滲んでいる。

しかしその程度でごまかせるはずもなく、詳しい説明を求められ、仕事の話だったが泄にも聞いて欲しくて、二階のリビングで話すことにした。

「うちでは今、カーボンニュートラルの一環で、バイオプラスチックを使った製品の開発を行っていて、ちょうど技術者が欲しかったんだ」

カーボンニュートラルとは、二酸化炭素の排出《はいしゅつ》を抑える取り組みで、環境保護活動として導入する企業が増えている。

国産部門は軌道《きどう》に乗ってきたが、『SAKAKI』の企業全体としての収益を上げるには、やはり主力商品は海外工場での大量生産が不可欠。

しかし、安かろう悪かろうな製品になってしまっては駄目だ。

環境に優しく品質もよい製品を、海外工場で作りたいという話は以前から出ていたので、その企画を国産部門を成功させた隆弥が引き受けたのだ。

「でもバイオプラスチックってポリエステルが主《しゅ》で、強度も耐熱性も弱いですよね」

バイオプラスチックは、自然由来の再生可能な有機性資源で出来ているので環境には優しいが、まだ問題点が多くて加工できる商品は限られているはず、と浬は首をかしげた。

しかし勇司は、だからこそ自分が必要なのだろうと納得がいったようだ。

「……インモールドコートなどの加工で、強度を出せってことですか」

「スタッフへの基本的な技術指導の傍《かたわ》ら、そういった独自の技術を組み込んだ成形機の開発をして欲しいんだ」

「強度だけならハードコートですみそうですが、自動車内で使用するものなら、ある程度の耐熱性も必要ですよね……それなら易成形《いせいけい》のフィルムを使えばいいかな……」

早速《さっそく》、打開案《だかいあん》について考え込み、自分の世界に入ってしまう。

勇司はこの仕事が本当に好きなのだろうと、隆弥と浬は二人して顔を見合わせて微笑んだ。

「だけど、俺はタイ語なんてさっぱりだし……タイって英語はそんなに通じないですよね？」

「住居はこちらで用意して、日本料理が作れるメイドをつけるし、専属の通訳もつける」

不安を見せる勇司に、研究施設に必要な物は何でも揃《そろ》えるし、指導以外の時間はそこで好きに開発に取り組んでくれればいい、と条件を並べ立てた。

「……何でそこまでしてくれるんです？」

至れり尽くせりの好待遇に、勇司は疑いの眼差しを向けてくる。

おいしい話には裏がある。疑って当然。しかし、これも必要な投資なのだ。

「海外では、安い人件費で人が雇《やと》えるが、それに見合った程度の働きしかしてくれない。だから、技術を学んでいい製品を作れば、自分達もっと稼《かせ》げるという希望を与えて欲しい。おまえみたいに若い奴でも、技術を持っていればいい家に住んでいい暮らしができる、ってことを現地の人に見てもらいたいんだ」

タイでは日給九百円でいくらでも人は集まるが、やる気のない人も多く離職率《りしょくりつ》は高い。指導してやっと仕事を覚えてくれた頃にやめられては、効率が悪くて仕方がない。

しかし安い賃金での単純作業ばかりでは、若者が居着かないのも無理はないこと。そこで、やる気のある人には技術指導をし、技能を身につけた者は昇進させるということになったのだ。

それでようやく納得できたのか、勇司はこの仕事を受ける気になったようだ。

「でもその間、浬さんに会えないんですよね。浬さんはSNSとかやってないって言ってたけど、やりませんか？　邪魔者抜きで」

「邪魔者はおまえだ！　浬には俺がいるんだから、あきらめて他を探せ」

「離れて分かる愛もあります」

またも隆弥を無視して浬を見つめたまま話す勇司に、血管が切れそうになる。

「だったら早く離れろ。何なら今夜の便のチケットでも取ってやるぞ」

「隆弥さん……」

大人げなさ過ぎる程度を窘《たしな》められ、隆弥は渋々引き下がり、友人である二人に別れの挨拶《あいさつ》をさせてやる。

「それじゃあ、またゆっくり電話かメールをしますね」

正面から向き合い、勇司は浬の手を握った。

また一気に頭に血が上って引きはがしたくなったが、こいつはこれから当分は浬に会えないのだ。武士の情け、と今回だけは見逃してやることにする。

「うん。僕もメールするから。タイに行っても頑張ってね」

「……浬さん」

ちょっとお目こぼししてやると、勇司は調子に乗って浬の頬に手を添え、キスしようと顔を近づけた。

「俺の浬に何をする！」

突然のことに固まっている浬の腕を引っ張り、二人の間に割り込むと、勇司は大げさにため息をつく。

「お別れのキスくらいさせてくれたっていいでしょうに。浬さんはこんなヤキモチ焼きのどこがいいんです？」

「全部」

にっこり微笑んで即答され、さすがの勇司も目が点になる。

それを見て、隆弥は身体をくの字に曲げて笑った。

あの時のことは、今思い出しても胸がすく。タイの地でだが、勇司も幸せになってくれなんて祈れる心境になれた。

「――あいつのことだ。向こうでも上手《うま》くやっているさ」

「でも、一人で異国の地で暮らすなんて、心細いでしょうね……」

そういう浬の方が寂しそうで、元気を出して欲しくてそれについては心配いらないとご機嫌を取る。

「俺の知り合いに、こっちに住んでるタイ人がいてね。彼女のタイの友人達に、勇司と仲良くしてくれるよう頼んで貰った」

「それじゃあ寂しくないですね！」

よかったと無邪気に喜ぶ浬に、少しだけ胸が痛む。

彼女とはもちろん、『自称乙女』のノイちゃんのことだ。タイのゲイ仲間に「いい男が行くから捕まえなよ」と誘惑するよう広めて貰った。情熱的なタイ人に押しまくられ、寂しがるどころか、きっと浬のことを思い出す暇すらなくなるだろう。

「向こうが落ち着いた頃に、あいつの奮闘《ふんとう》を見に一緒にタイへ行こうか」

「本当ですか！」

海外旅行に行ったことがないという浬は、飛び上がりそうなほど喜んで、隆弥の腕にしがみついてきた。浬の喜びが、隆弥の心を満たす。浬には、もっともっと喜んで欲しい。

「浬が行きたいところなら、どこへでも連れて行ってやる」

「それじゃあまず、一緒に僕の実家に行きましょうよ！　真吾《しんご》も一緒に海水浴がしたいです」

「真吾も、か……」

「……隆弥さん」

浬とふたりきりのビーチを夢想《むそう》しようとしたところに、勢いよく真吾が飛び込んできて、水しぶきでびしょ濡れになった気分になる。

思わずしょっぱい顔をしてしまい、浬にじっとりと睨まれ慌てて取《と》り繕《つくろ》う。

「真吾のことは俺も好きだ！　いい青年だし、浬の親友だからな」

今度うちに招待しようと提案すると、浬はようやく笑顔に戻ってくれた。

「……しかし、真吾はあれだけいい男なのに、どうして浬の恋愛対象にならなかったんだ？」

嫉妬ではなく純粋に不思議で聞いてみると、それは気にされても仕方がないと思ったのか、浬も素直に答える。

「男の人が好きだって自覚したのが、真吾と離ればなれになってからだったし、いいなって思った人はみんな先輩とか先生で……僕は年上が好みみたいです。——隆弥さんみたいな！」

そのいいなと思った先生や先輩はどんな奴だと突っかかられると思ったのか、慌ててフォローを入れてくる。浬の慌てっぷりがおかしくて可愛くて、気にはなったけれど不問《ふもん》に付《ふ》すことにした。

海水浴へはいつ行こうかなどと、夏の正しい楽しみ方について語りながらのビアガーデンは、なかなか乙《おつ》なものだった。

しかし、やはり花がない酒宴《しゅえん》はなんだか少し物足りなく感じる。隆弥も花見が好きになったし、花を眺める浬を見るのはもっと好きだ。一年中でも見ていたい。

「春だけじゃなく、年中花見ができるよう、いろんな季節に花の咲く木を植えようか」

隆弥の提案に、浬は年がら年中花だらけの工場なんて、と笑った。

「……駄目か」

「いいえ。すごく素敵です」

笑いすぎて涙目になりつつ、浬も乗り気になったようだ。花弁《かべん》や葉っぱが工場内に入らないよう二重扉が必要かも、なんて早くも解決策を真剣に考え出す。

「よし。じゃあ、工場の周りを花だらけにしてやろう」

「隆弥さんってば、花咲かじいさんみたいですね」

「じいさんはひどいな」

大げさに顔を顰《しか》めて嫌がると、浬はまた楽しげに肩を揺らして笑う。

「でも、いずれはおじいさんになるじゃないですか。……その頃は、僕もおじいさんですけど」

暗にその頃まで一緒にいようと告げている浬に、もちろんだという意味を込めて話に乗る。

「そうだな。となると、やっぱり家にはエレベーターがいるな」

隆弥は初めからつける気だったのだが、そんな贅沢《ぜいたく》はいらないと浬に拒否された。でもエレベーターは後からつけることも可能だ。

「その頃にはもう工場も閉めてるでしょうから、一階に住居を移しましょうよ」

「いや、それならいっそ、平屋《ひらや》に建て替えた方がよくないか？」

ひとしきり老後の終《つい》の棲家《すみか》について話し合ってから、気の早い話題に二人して笑い合う。

ずっとこんな風に、一緒に笑いながら生きていきたい。そう思えるほど愛しい人の願いを叶えるべく、隆弥は話を元に戻す。

「まずは、花だな。どんな花がいい？」

「そうですね……花水木《はなみずき》なんて素敵じゃないですか？」

「浬の好きな花なら、それでいいよ」

花水木と言われても、どんな花か頭に思い浮かばない。けれど、浬が好きな花なら、きっときれいに違いない。

花に負けないほど美しい、夢見てほころぶ浬の唇に口づけた。

あとがき

AFTERWORD

―金坂理衣子―


ここまで読んでくださって、ありがとうございます。

子供の頃から工場が隣接する環境で育ったせいか、大の工場好きの金坂《かねさか》です。

工場物は、以前にも小説ディアプラスに掲載していただきましたが、実は書き上げたのはこちらの話の方が先で、デビューした直後に書いたので思い入れがありました。

大手企業に振り回される小さな下請《したう》け工場の苦労と、それが報《むく》われる話が書いてみたかったので、かなり力を入れて書きました。

しかし諸事情あって掲載は後回しとなりまして、一時は日の目を見ることもないかと思っていたのですが、こうして文庫にまでしていただけてとても嬉しいです。

これもご助言をくださった担当さんや、雑誌掲載時にアンケートをくださった皆様のおかげ、と感謝しています！

さらに、佳門《かもん》サエコ先生に、華やかな色使いなのに切なさがにじむ素敵な表紙を描いていただけて、大感激でした。

背広と作業着の組み合わせは想像しただけでも萌えますが、イラストにしていただくと、とてつもなく萌えたぎりました！

後半の書き下ろしでは、勇司《ゆうじ》のキャラララフを見てあまりの格好良《かっこよ》さに、どうして彼と浬《かいり》の絡みを書かなかったんだ！　とのたうち回って後悔してしまいました。

佳門先生、煩悩《ぼんのう》が炸裂《さくれつ》する素敵なイラストをありがとうございました。


アンケートで、浬の苦労を思いやってくださるご意見を多くいただきましたので、後半の書き下ろしでは、浬を幸せにするため奮闘する隆弥《たかや》を書こうとがんばってみましたが、いかがでしたでしょうか？

仕事描写を多く書いてしまいましたが、『勉強になりました』というご意見もあって、まさかBLを書いてこんな感想をいただけるとは思っていなかったので、おもしろかったです。

最近は、海外製品に押されている日本の工場のがんばりを、もっと書けたらいいなと思いました。


その際には、またおつきあいいただけますと幸いです。

この本を読んでのご意見、ご感想などをお寄せください。
金坂理衣子先生・佳門サエコ先生へのはげましのおたよりもお待ちしております。

〒113-0024　東京都文京区西片2-19-18　新書館
[編集部へのご意見・ご感想] ディアプラス編集部「型にはまらぬ恋だから」係
[先生方へのおたより] ディアプラス編集部気付　○○先生

- 初出 -
型にはまらぬ恋だから：小説DEAR+ 2014年フユ号（Vol.52）
型にはまらぬ恋なれど：書き下ろし

[かたにはまらぬこいだから]
型にはまらぬ恋だから

著者：金坂理衣子　かねさか・りいこ

初版発行：2015年1月25日

発行所：株式会社 新書館
[編集] 〒113-0024
東京都文京区西片2-19-18　電話（03）3811-2631
[営業] 〒174-0043
東京都板橋区坂下1-22-14　電話（03）5970-3840
[URL] http://www.shinshokan.co.jp/

印刷・製本：図書印刷株式会社

ISBN978-4-403-52370-0